KB050574

100조를 향해서

100조를 향해서 6 <완결>

초판 1쇄 인쇄일 2015년 6월 19일 | **초판 1쇄 발행일** 2015년 6월 23일

지은이 라이케 | **펴낸이** 곽중열 | **담당편집 팀장** 이범수
편집부 신연제 이윤아 김호성 김은경

펴낸곳 (주)조은세상 | 출판등록 제 2002-23호
주소 경기도 연천군 미산면 청정로 1355
TEL 편집부 02)587-2966 | FAX 02)587-2922
e-mail bukdu@comics21c.co.kr

ⓒ라이케 2015
ISBN 979-11-5832-118-5 | ISBN 979-11-5512-956-2(set) | 값 8,000원

100조를 향해서

라이케 현대판타지 장편소설

NEO FUSION FANTASY STORY

6
<완결>

북두
[주]좋은세상

CONTENTS

100
조를
향해서

100조를 향해서

NEO MODERN FANTASY & ADVENTURE

Part 17-4. The journey is the reward

Part 17-4. The journey is the reward

"또 만나는군."

현수는 반갑게 그를 맞이하는 클린턴을 보면서 정중하게 한국식 목례로 인사를 올렸다.

"다시 뵙는군요. 각하."

"자, 그럼, 앉도록 하지."

"감사합니다. 사양하지 않겠습니다."

클린턴은 원래 쾌활한 성격의 소유자였지만 오늘따라 더 얼굴에 화사한 빛이 감돌았다. 그는 현수를 기이한 시선으로 쳐다보더니 이내 말을 받아쳤다.

"어제 방송은 봤겠지?"

"네. 선견지명이 대단하시더군요."

"그래. 모두 자네 덕분이지. 후후."

"신원은 확인했습니까?"

"뭐 뻔하지. …보고를 듣기로는 아랍쪽 테러리스트야. 징글징글 맞는 놈들이야."

두 번째 테러 시도였다. 1996년 애틀란타 하계 올림픽이 얼마 남지 않은 시점에 올림픽 기념공원에서 발생 할 뻔했던 테러다.

물론 테러 시간, 테러 장소, 테러 발생 등에 대한 상황이 잘 정리된 정보를 전달 받은 FBI에게 인명 피해를 최소화시키고 미연에 방지하는 것은 그다지 어려운 것이 아니었다.

결과론적으로 현수에 의해서 첫 번째 TWA항공기 사건에 이어 두 번째 테러까지 미연에 방지할 수 있었다. 그러니 당연히 클린턴 정부의 위상은 높아질 수밖에 없었고 그가 감정적으로 행복을 느끼는 것은 이상할 것이 없었다.

지금 이 자리는 현수에 대한 고마움을 표시하기 위해 마련한 조촐한 오찬이었다.

"그래? 다음 달부터 샌프란시스코로 옮긴다고?"

"스탠포드 교무처로부터 입학이 결정 되었다고 통보를 받았으니 천천히 집을 알아 볼 예정입니다. 이 모든게 각하의 도움 덕분입니다."

"뭐. 그 정도 가지고. 그나저나 요즘 엔화로 재미 좀 보고 있다며?"

현수는 뜬금없는 놀림에 다소 어이없다는 듯이 대통령을 보다가 대답했다.

"요즘 미국 정부는 개인 정보까지 함부로 열람을 하나 보네요?"

"그럴 일이 있겠나? 마음대로 그런 짓을 하면 아무리 고위 공직자라 해도 기소를 당할 텐데? 어찌 그런 짓을?"

"하긴 그렇겠죠."

"어쨌든 중요한 건 그게 아니지."

"왜요? 각하도 외환에 투자 하시려고요?"

"내 위치면 그런 짓을 하다가는 은퇴 후에 청문회 불려 가거나 잘못하면 감옥에 갈 수 도 있는 데 할 일 없이 그럴 필요가 있겠나. 그보다 좋은 정보라도 없나?"

현수는 대통령의 저런 뻔뻔한 마인드에 입꼬리를 부드럽게 말아 올리면서 말했다.

"내년에 동남아쪽을 시작으로 금융 위기가 올겁니다."

"오호. 그래? 피해가 많을까?"

"태국을 시작으로 인도네시아, 한국이 치명적으로 피해를 입을 겁니다."

"그럼, 미국은?"

"미국도 일정 부분 충격 여파가 있겠지만 아무래도 아시아쪽에서 가장 데미지가 크지 않을까요?"

"좋은 정보로군. 경제 관련 부처에 미리 지시를 내려놔야겠군. 그보다 자네 혹시 휴즈 일렉트로닉스라고 들어봤나?"

확실히 빌 클린턴은 노회한 인물이었다. 외환 위기라는 단어에 우려스럽게 반응하다가 막상 미국 쪽에 피해가 별로 없다고 말하자 즉시 화제를 전환하는 모습이 꽤 인상적이었다.

현수는 약간 이해가 안 되는 표정으로 대답했다.

"휴즈 일렉트로닉스? 잘 모르겠는데요?"

"휴즈 일렉트로닉스는 GE의 자회사 중 하나라네. 그 중 돈이 되는 상업용 위성 제작 분야를 제하고 방산 분야만 매각하기 위해 M&A매물로 시장에 내놓은 상황이네."

"그렇군요."

"꽤 좋은 회사라네."

"그들이 원하는 매각 금액이 얼마입니까?"

"작년까지 35억 달러에 내놨지만 마땅한 구매자가 없어서 이번에 다시 25억 달러로 낮췄다고 하는군."

"25억 달러라. 적지 않은 금액이네요."

"많은 금액도 아니지. 원래 시장 가치로 계산하면 충분히 60억 달러 이상은 받을 수 있는 알짜배기거든."

"그런데 왜 급하게 매각을 하려는 것이죠?"

클린턴은 또릿한 어조로 말했다.

"GE의 이사회에서 낸 결론은 방만한 자회사 운영과 그에 따른 경영의 효율성 제고 문제 때문이라고 하더군. 하지만 속내를 까보면 그게 아니지."

"……."

"왜? 질문을 안 하나? 보통 이렇게 말을 던지면 더 궁금해서 물어야 하는 게 아닌가?"

"아? 그런가요. 죄송합니다."

클린턴은 껄껄 웃으면서 직설적으로 설명하기 시작했다. 자신의 의도에 쉽게 끌려오지 않는 맹랑한 동양의 꼬마가 귀엽다는 표정이 얼핏 드러날 따름이다.

"하하. 아니네. 미국의 방산업체는 알다시피 국방력 강화와 유지에 근간을 두고 군대의 무기를 제작하는 특수한 곳이네. 업체 중에 록히드 마틴이나 보잉처럼 메이저도 있지만 그 반면 휴즈사처럼 작은 기업도 존재한다네. 그런 그들의 매출 중 70% 이상이 국내에서 발생하는 데 그 고객이 바로 미 국방부라네."

"슈퍼 바이어겠네요. 그리고 국방부를 컨트롤 할 수 있는 분은 대통령 각하일 테고."

"역시 똑똑하군. 그래. GE의 실제 대주주이자 오너인 루이스 머서는 공화당의 거대 후원자로서 그의 역량은 가히 대단하다네. 지금까지 그의 손을 거쳐서 국회에 입성한 숫자만 해도 수십 명이라네. 그 때문에 알게 모르게 그와 우리는 적대적인 관계라 할 수 있지."

"대통령이 보실 때 그는 어떤 사람입니까?"

"괜찮은 사람이네. 단지 좀 오만한 데가 있어서 그렇지."

"그럼? 각하와는 별 다른 은원이 없다는 뜻입니까?"

"허허. 그 정도로 내가 옹졸한 놈으로 보이나? 그건 아니네. 기실 정치판에는 나처럼 보이는 말이 있고 보이지 않는 말이 존재하지. 그리고 그 보이지 않는 말들 중 선거 때 내 당선을 도와준 세력 쪽에서 잘난 척하는 머서의 숨통을 좀 조여 달라고 하더군."

"영향력이 상당한가 보네요."빌 클린턴은 섬광처럼 눈빛을 빛내며 투박한 음성으로 반문했다.

"왜 그렇게 생각하지?"

"미 합중국 대통령이 거절하지 않았으니까요."

"그래. 그들의 부탁을 거절하기가 힘든 부분이 있었지."

현수는 이제야 이해한다는 듯 그의 말에 동조했다.

"그래서? 그쪽에서는 지레 겁을 먹고 매각을 추진하는 건가요?"

"그렇지. 기실 지난 4년 동안 휴즈 일렉트로닉스는 국방부로부터 견제를 당하면서 발주 문제로 꽤 힘들었거든. 거기다 내가 만약 연임되면 앞으로는 아예 배제될 수도 있으니 난처한 상황에 빠진 것이지."

"…그나마 아직 대선 연임이 확정되지 않은 이 시기에 매각하면 반값이라도 받을 수 있다고 본 모양이군요."

"휴즈 일렉트로닉스는 신형 미사일과 전차, 아파치 헬기를 직접 생산하는 기업이네. 괜찮다면 자네가 인수하는 게 어떤가? 어려운 점은 내가 다 해결해주겠네."

"음, 그렇다 해도 금액이 너무 세군요. 또한 저는 외국인의 신분입니다. 굳이 이렇게까지 각하께서 저에게 호의를 베푸는 이유를 잘 모르겠습니다."

현수의 질문은 대통령의 면전에서 다소 무례할 수도 있었지만 반드시 던져야 했다.

테러 예방에 대한 고마움의 표현치고는 과하다 생각했던 탓이다.

정치적인 이해관계에 따른 부산물이라 해도, 사실 그와 클린턴이 무슨 인간적인 관계가 존재한다고 이 정도까지 신경을 써주겠는가?

하물며 그것이 미국이 세계 최강국의 위치에 오르게 해준 군수산업이라면 그 의미가 결코 만만한 게 아니다. 미국의 첨단 군사 기술이 해외의 적대 국가로 빠져나갈 것을 우려한 나머지 방산 업체의 매각은 법률적으로 철저하게 제한된 것으로 안다.

물론 지금의 조건이라면 다시는 오지 않을 좋은 기회일 것이다.

가격도 가격이지만 미사일, 전차, 헬기를 자체 제작하여 미 국방부에 납품할 정도의 기술력이라면 한국의 삼성이나 한화보다 훨 낫다고 봐야 할 것이다.

대기업이라고 해봤자 10-20년전에 미군이 사용하던 구시대 무기의 기술을 라이센스를 얻어서 조립하는 열악한 수준에 불과했다.

확실히 구미가 땡기고 있었다.

한국에 애국심이 많아서 그런 것은 아니다. 북한의 위협으로 늘 미국에게 기대야 하는 국제 정세로 볼 때, 미국 본토의 방산업체를 인수하게 되면 그 자체로 영향력을 틀어쥘 수 있다는 얄팍한 생각 때문이다.

클린턴은 나지막한 어조로 대답했다.

"이 건에 대해 자세하게 설명하려면 꽤 복잡하다네. 그래서 간단히 말하도록 하지. 이건 루이스와 그쪽 친구들의 파워 게임이네."

"막후의 실력자들이라는 건가요?"

"뭐, 완전히 틀린 것은 아니네. 그들이 내가 가진 힘보다 강하지는 않지만 그래도 대충 비슷한 개념이라 보면 되네. 아무튼 루이스는 현재 체면이 깎였지만 그래도 실리를 택하기 위해서 한 걸음 양보를 했네. 그런데 거기서 그들이 직접 등장해서 루이스의 물건을 탈취한다면 과연 어떤 결과가 발생할지 생각해 본 적 있나?"

"아. 무슨 뜻인지 알겠습니다."

"그래."

"그래서 제 3자인 제가 필요한 건가요?"

"맞아. 그들은 그저 자존심 싸움을 하는 것뿐이네. 그리고 미국의 방산업체를 해외에 매각 금지하는 법이 있는 것은 맞지만 큰 문제는 없을 거야. 한국은 미국의 우방 국가 아닌가. 기존 법령에 몇 가지 특약 사항을 추가하면 쉽게 풀 수 있지 않을까."

"그래 주신다면 검토를 해보겠습니다."

"웬만하면 인수를 하도록 하게. 내가 연임하면 자네 업체가 국방부와 원활하게 거래할 수 있도록 잘 이야기를 해놓을 테니 그 부분은 안심하고."

빌 클린턴은 그렇게 이야기를 하면서 짓궂은 아이처럼 눈을 찡긋거리며 껄껄 웃어댔다.

✳

엔달러 선물은 올해 신고가인 112.53엔을 찍은 후에 하방 경직성을 유지하면서 열흘 이상 111.80~112.10엔에서 지지선을 형성하는 중이다.

조금 오르면 조금 빠지고, 조금 빠지면 조금 오른다.

지리한 보합세의 연속이다.

어느덧 8월에 접어든 엔화는 여러 호재와 악재 속에서 출렁이더니 이제는 소강상태에 빠져 있었다.

그 사이에 비탈길을 오르는 것처럼 꾸준하게 상승한 지수는 시세 차익을 보았던 매물이 나오면서 막판에 번번이 밀리는 형국이었다.

현수는 중얼거렸다.

'손바뀜인가.'

테이블 위에는 최근 엔달리 환율에 대한 시황 및 챠트에 대한 기술적 분석, 전망이 섞인 요약 보고서가 놓여 있었다. 그 옆으로는 현재 선물 위탁 자산에 대한 간이 명세서가 출력되어 있다. 자연스럽게 시선이 고정되었다.

* 엔달러 통화 선물 8월물

계약수 : 300,000 계약

포지션 : 매도

매입단가 : 9328

현재 지수 : 8926

총수익 : $1,507,130,340

계좌 현금 : $1,565,620,320

총자산 : $3,072,750,660

"이게 얼마야? 30억 달러… 많기는 많군."

눈이 휘둥그래졌다. 돈이 돈을 번다는 말이 딱 맞는 말이다. 예전에는 1억 달러를 벌기가 어려웠지만 자산이 늘어나니 동일한 수익률을 올려도 그 금액은 기하급수적으로 커졌던 탓이다.

그것도 주식이나 다른 자산은 제외한 오로지 통화 선물 계좌의 잔액이었다. 불과 두 달만에 또 15억 달러가 늘어난 것이다. 한국 돈으로 환산하면 1조 2천억이다.

미래 뉴스는 지금까지 한치의 오차도 없이 다 들어맞았다. 그럼에도 그는 혹시 몰라 예전에 인쇄해놓은 종이를 서랍에서 꺼내더니 재차 확인해야 했다.

- 환율 9년만에 최고! (1996.07.09)
1불 = 813원 달러 국제 시세 강세 영향
동경 시장 한 때 111엔 돌파

원달러 환율은 8일 외환 시장에서 수입 결재 수요와 국제 외환 시장 달러 강세등의 영향으로 개장과 동시에 815원을 기록하는 등… 중략…

- 달러 초강세 118엔 넘어서! (1996.12.21)

[뉴욕/도꾜 종합] 달러貨에 대한 엔화의 환율이 다시

118엔을 넘어섰다. 이와 관련 국제 외환 전문가들은 19일 미국의 채권 가격이 강세를 보인 반면 일본의 니케이 지수가 522.36포인트 하락을 한 것이 영향을 받은 것으로 분석하고 있다.

7월 111엔은 이미 찍었고, 12월에 118엔까지 온다는 뜻이다. 그는 잠시 생각을 하다가 결국 다시 포지션을 일괄 청산하고 다음 월물로 갈아타면서 계약수를 60만 계약까지 늘리기로 결정했다.

그리고는 사무실 바깥에 있던 투자 책임자인 마크 웰백을 불렀다. 그는 그의 지시를 경청 후 조심스럽게 되물었다.

"좀 위험하지 않을까요?"

"괜찮아요. 그리고 이번에 다시 적지 않은 돈 벌었으니 직원들에게 보너스를 충분히 주도록 하세요.

"알겠습니다."

"그건 그렇고 아마존과는 어떻게 되었나요?"

"네. 오늘 변호사 입회아래 주식 양수양도 계약서를 작성할 예정입니다."

"좋군요. 그리고 며칠 전에 물었던 휴즈 일렉트로닉스에 대해서 조사해 봤습니까?"

"GE의 자회사로서 재무 상태는 상당히 양호한 편이더군요. 특이한 점은 다른 방산업체와 달리 국내 매출보다 해외 매출이 더 높은 편입니다. 또한 자산 가치에 비해서 내놓은 매각 가격이 상당히 낮아서 요즘 보기 드문 M&A 매물인 건 확실합니다."

"그래요? 그런데 단점은 없습니까?"

"문제는 인수자 찾기가 좀 까다로워 보인다는 점인데…."

현수는 흥미롭다는 눈빛으로 말했다.

"무슨 뜻이죠?"

"보통 이런 경우 같은 업계의 경쟁업체에서 달려드는 게 보통입니다. 그런데 이상하게도 이번 매물에 관심을 가지는 다른 업체가 없더군요. 매물을 내놓은 시점도 1년전이라서 저희가 모르는 우발 부채나 혹은 알지 못하는 변수가 없는 지 추가로 보강 조사를 지시했습니다."

"그런가요? 수고 많았어요."

십중팔구 미국 정부에서 압력을 넣은 것으로 추정되었다. 마크의 말처럼 휴즈사의 경쟁업체 입장에서는 시장 점유율을 확대시킬 수 있는 절호의 기회였고 가격도 저렴했다.

그럼에도 협상조차 없었다는 것은 휴즈사가 미국 정부에 찍혔다는 것을 알고 있다는 반증이리라.

그것은 재무재표만 봐도 쉽게 드러난다.

휴즈사의 최근 3년 매출을 보더라도 매출과 수익이 급격하게 감소했기 때문이다.

작년에는 최초로 소폭의 적자가 난 상황이다. 기술력은 전 세계를 주름잡는 메이저 업체인 록히드 마운틴 Lockheed Martin, 노스롭그루먼 Northrop Grumman과 비교해도 딸리지 않았다.

미국 내 납품이 막히자 고육지책으로 독일, 프랑스, 이스라엘과 같은 국가에 총력을 기울였으나, 이 또한 미 행정부의 입김 때문인지 그다지 효과가 없었다.

휴즈사는 로널드 레이건, 조지 부시의 공화당이 정권을 잡았을 때 군소 방산업체를 흡수 합병하면서 덩치를 키운 정권유착형 기업이었다.

그러나 불행히도 정작 정권이 바뀌자 우선 순위로 제거 대상 타켓으로 변했으니 아이러니할 뿐이다.

이런 것을 보면 세계 최고의 민주주의 국가라는 미국조차도 정치인의 탐욕으로부터 자유롭지 못했다.

그는 주판알을 두드렸다.

클린턴 입장에서는 그의 편이면서 동시에 양자 모두에게 중립적인 제 3자로서 그가 딱 적임자였을 것이다.

단지 아쉬운 점은 가격이다.

'다 좋은 데 가격을 좀 더 낮춰야겠어.'

클린턴과 다시 협상해서 20억 달러 정도에서 인수를 하고, 인수 주체는 미국의 Su.Fc. Stone. Investment보다 한국의 AMC그룹이 더 나아 보였다. 인수 자금은 휴즈사의 자산을 담보로 ABS asset backed securities를 발행하는 것으로 했다.

자산 보유 회사와 별도로 특수 목적 회사 SPC를 설립후, ABS증권을 잘게 쪼개서 시장에 판매하여 상당부분 자금을 충당하는 시나리오가 예상된다.

미국의 경우 금융 선진 기법이 발달한 탓에 굳이 100% 현금을 동원하거나 쓸데없이 은행권에 대출로 부채를 질 필요 없었다.

그렇게 될 경우, 한국 AMC그룹이 부담할 현금은 7-8억 달러 내외면 충분할 것이다.

100 조를 향해서

NEO MODERN FANTASY & ADVENTURE

Part 17-5. The journey is the reward

Part 17-5. The journey is the reward

"우와, 이게 대체 얼마만이냐."

"뭐가 그렇게 좋아?"

"유치하기는. 오빠는 기대도 안 돼? 한국에 가는데?"

"뭐, 기대는. 이제 겨우 1년도 안 지났는데."

"암튼 난 무진장 한국 가고 싶어. 지긋지긋한 스테이크 랑 스파게티도 이젠 안녕이다."

아영은 큰 여행용 가방을 끌고 차에서 내리면서 작은 입을 종달새처럼 연신 조잘거렸다.

현수는 부드럽게 웃으면서 고개를 슬쩍 돌렸다. 뒤에서 주재원들의 수행을 받으며 걸어오는 민혁을 향해 재촉했던 것이다.

27

"야! 빨리 와. 잘못하면 늦겠다."

"아직 2시간 넘게 남았어."

"그러다 늦으면 책임질거야?"

"난 한국 가봤자 재미도 없는 데…."

"일단 줄부터 서자."

아영은 발권 카운터에 멈추면서 중얼거렸다.

"그럴까?"

한여름이라 그런지 주위는 온통 반팔과 반바지 차림에 시원한 에어콘 바람이 공항 내부를 휘감고 있었다. 마치 감옥에 가는 것처럼 어쩔 수 없다는 듯 걸어 온 민혁은 현수의 어깨에 손을 올리며 말했다.

"아. 지겹다."

"왜?"

"회장 만날 생각하니 벌써부터 머리가 지끈거리니까 그러지."

"회장? 무슨 회장?"

민혁은 현수의 반문에 모르면 묻지 말라는 투로 기묘하게 미소만 지었다. 그러자 옆에서 거울을 들고 화장을 고치던 아영이 함께 동조했다.

"어디기는 어디야. 진영 그룹 회장님이지. 민혁 오빠 아버님이기도 하고."

"그런데 왜?"

민혁은 그 순간 현수의 목덜미를 풀리지 않을 정도로 감아쥐더니 뒤통수를 장난스럽게 갈기며 껄껄댔다.

"이 띨띨한 자식아! 모르면 좀 배워라. 울 엄마가 둘째 부인이고 나는 서자야. 서자."

"이런 썅! 아프잖아!"

"아프라고 때리지."

"콱!"

"그 놈 엄살은!"

민혁보다 10cm 이상이 작았던 현수는 순간 질 수 없다는 표정으로 불끈했다. 그는 팔꿈치를 이용해서 뒤에서 그를 휘감은 민혁의 가슴 부위를 살짝 가격했다.

그 때문에 팔에 힘이 풀렸고 언성을 높이며 씩씩거렸다.

"크억! 이런 치사하게!"

"웃기고 있네. 명치 한 대 맞은 것 가지고 지랄을 해라!"

"알았어. 자! 그만!"

"뭘 그만해?"

"휴전하자고. 오케이?"

"좋아. 그런데 아까 그게 무슨 소리야?"

"뭐? 서자 소리?"

"어. 네가 사생아라고?"

"사생아가 아니라 서자라니까! 서자!"

"그거나 이거나. 엎어치나 메치나."

"아! 몰라. 보나마나 집에 가면 회장님은 잔소리나 할 테고, 그다지 친하지도 않은 형제들과 또 친한 척해야 하니 닭살 돋을 것 같아서 별로야."

"후후. 아버지한테 회장님?"

"그게 뭐?"

현수는 아까의 앙금이 아직 완벽하게 가시지 않았는지 민혁을 향해 비웃으면서 조롱했다.

"이런게 막장 드라마에서나 그런 줄 알았더니 현실에서도 있네? 큭큭, 신기하네."

"씨발! 우리 집이 동물원이냐? 신기하게?"

"흐흐."

"어휴! 싸가지 없는 새끼! 내가 어쩌다 저딴 놈과 친해져서."

"그만해. 둘 다! 지겨워 죽겠어."

민혁은 아영이 투덜거리자 짓궂은 표정으로 아영의 코잔등을 살짝 꼬집으며 호탕하게 웃었다.

"어라. 우리 공주님이 웬일로 화가 나셨대?"

"장난 그만하고. 보딩 시간 다 됐어. 빨리 움직여야 될 것 같아."

"저번에 부탁한 표는? 비즈니스석 맞아?"

"……."

"설마? 이코노미는 아니겠지?"

"뭘 그렇게 물어봐? 퍼스트 클래스로 현수 오빠가 미리 다 사놨어."

"오오? 제법 괜찮은데? 친구? 돈 좀 있다더니 내 것까지 사 놓고?"

"시간 별로 없거든? 됐다. 들어가자."

현수는 어이없다는 듯 민혁을 보더니 이내 고개를 돌려 출입국장으로 향해 거침없이 발걸음을 옮겼다.

거의 소형차 한 대 가격인 퍼스트 클래스는 확실히 비싼 만큼 가치를 했다.

깔끔한 인테리어와 우주선처럼 생긴 좌석은 일반석보다 2배는 컸고, 특별 기내식 서비스는 매우 훌륭했다.

민혁과 아영은 어린 시절부터 이런 습관이 적응이 된 탓에 평소처럼 떠들면서 이런 저런 이야기만 할 뿐이다.

그에 비해 이제 막 부의 즐거움을 만끽하는 현수는 이것저것 버튼을 만지다가 주문한 양주 몇 잔을 마시고 잠이 들었다.

얼마나 시간이 흘렀을까. 아영이 눈감고 있던 현수의 팔을 살짝 꼬집으며 말을 건넸다.

"오빠? 아직도 자?"

"아니. 방금 깼어. 그런데 왜?"

"이번에 한국 가면 일 때문에 많이 바뻐?"

"별로 바쁘지는 않을거야. 열흘 일정이지?"

"응."

"어차피 너와 민혁이도 돌아갈 때 같은 좌석이잖아? 뭐가 문제야?"

"그렇기는 해도….”

"왜? 할 말 있으면 편히 말해. 괜히 뜸들이지 말고."

"눈치 엄청 빠르네. 흐흐. 이번에 한국 가면 우리 집에 저녁 식사나 하고 가는 게 어때?"

"식사? 무슨 뜻이야?"

연한 카키색 선글라스를 머리 뒤로 넘긴 아영은 약간 망설이더니 입을 삐죽 내밀면서 말꼬리를 흐렸다.

"아! 별거 아니고. 아무래도 우리 집이 좀 보수적이라서 사귈 거면 집에 미리 허락을 얻어야 앞으로 나도 편하거든."

"아, …그거?"

현수는 대충 감을 잡았다는 듯 재차 말을 계속했다.

"알았어. 그럼 내일 모레 저녁정도로 시간 약속 잡고 나한테 다시 연락하자. 일단 가는 걸로 할게."

"오케이. 그럼 부모님께 그렇게 말한다?"

"그래."

현수는 아영의 재촉에 얼떨떨한 표정으로 대답했다.

그와 동시에 위장이 갑자기 더부룩함을 느꼈고 앞에 놓여진 에비앙 생수를 벌컥 들이켰다.

아영의 집안과 인사라니? 아영은 큰 의미를 두지 않고 이야기했지만 그로서는 부담이 가는 게 사실이다.

아직까지 그녀에 대한 감정이 확실히 머리 속에 정리가 안 된 까닭이다. 아니 어쩌면 지난 옛 여자 친구인 미정에 대한 기억 때문인지도 모른다.

어쨌든 이런 상황에서 여자 집안의 초대라니?

어찌 가볍게 생각해야 할까?

현수는 한숨을 미약하게 내뱉으며 재미도 없는 영화만 멍하니 주시했다.

김포 공항에 도착 후, 일행은 짐을 간단히 챙겨서 출국장을 빠져 나갔다.

곧 이어 저 멀리서 그들을 픽업 나온 사람들이 반갑게 손짓을 하며 고함을 질렀다.

"민혁아! 여기야! 여기!"

"아!"

가장 먼저 등장한 이들은 민혁의 친구였는데 주위의 시선은 아랑곳하지 않고 다가왔다. 가장 앞에 선 남자는 작은 체구였지만 목청이 꽤 컸고 옆에는 중년 남자가 그를 보좌하듯이 서 있었다.

민혁이 활짝 웃으며 얼싸 안았다.

"재민아! 이게 얼마만이냐. 흐흐."

"이 자식, 미국 물을 얼마나 쳐먹었으면 벌써부터 혀를 굴리고 지랄이야? 니가 양키야?"

"까불고 있네. 암튼 반갑다. 근데 수혁이는?"

"화장실 갔어."

"그래?"

"좀 있으면 올 거야. 근데 넌 미국에서 영영 살거냐? 미국이 뭐 좋다고 그래? 백마라도 어디 숨겨 놨어?"

"아. 몰라. 아버지가 웬만하면 있으라고 하는 데 나라고 재주가 있겠어? 그냥 먹고 노는 거지 뭐."

"하긴 먹고 노는 것도 웬만한 스킬 없으면 힘들지. 후후, 그보다 이 쪽은?"

"여기는 아영이. …그리고 친구 현수."

재민의 눈이 기이한 빛을 드러낸 시점은 그 순간이었다. 민혁의 입에서 서슴없이 '친구'라는 단어가 나왔던 탓이다. 그는 그 누구보다 민혁에 대해 잘 아는 인물이다. 민혁은 성미가 급하고 나이에 비해 다소 철없는 행동을 하는 편이지만, 생각 외로 속이 깊은 놈이었다.

그것은 그들이 자라온 환경과 밀접한 관련이 있다.

그들은 천성적으로 쉽게 사람을 믿지 못하고 늘 경계하는 위치에 있는 이들이다. 그런 관계로 웬만해서는 친근한 단어를 아예 쓰지 않는다.

그런 생각도 잠시.

아영이 배시시 웃으면서 다가와 귀엽게 입을 열었다.

"안녕하세요. 오빠? 저번에 모임에서 한번 만났는데 기억 안 나세요?"

"아? 그 때 아영이?"

"네."

"너도 진짜 많이 컸구나. 그래? 부모님은 잘 계시고?"

"그럼요. 요즘 정권에서 개각한다고 거기에 휘말려서 정신이 없으세요."

그렇게 대화를 끝낸 재민은 현수에게 다가가 악수를 청했다.

"반갑습니다. 현재민이라 합니다."

"…정현수입니다."

해외 여행 자유화가 된 이후로 김포 국제 공항은 수많은 여행객을 감당하지 못할 정도로 붐볐고, 정신이 없었다.

어느덧 아영의 집에서 보낸 기사가 아영의 짐을 들었고, 그 뒤로 멀리서 민혁의 친구라던 수혁이 다가왔다.

"이민혁! 오랫만이네."

"하하. 이게 얼마만이냐? 수혁아."

"아? 혹시 그 때?"

"어라?"

"……"

"……"

정적이 잠시 흘러갔다. 민혁과 인사를 하던 마수혁이

35

순간 현수를 보면서 멈칫거린 탓이다.

눈에 익은 인물이었다. 하지만 바로 기억이 떠오르지 않았다.

어디서 봤지?

흐릿한 기억이었다. 불과 1-2초 사이에 복잡한 표정이 담긴 갈등이 드러나고 있었다.

"우리? 어디서 본 적 있지 않나요?"

"나 역시."

"아! 그 때? 명동에서 만난 적 있죠?"

"이제야 기억하네. 근데 설마? 그 때 사건을 다시 이야기하자는 건 아니겠죠?"

현수는 얼음처럼 싸늘한 태도를 유지했다. 마수혁은 자신의 실수를 깨닫게 된다.

그때서야 그가 어떤 인물이고, 정체가 무엇인지 알게 된 것이다. 그 때문일까? 몸이 경직되면서 시린 한기가 등골을 타고 흘러 내렸다.

그가 어찌 모를까. 오메가의 그 능구렁이가 찍소리조차 하지 못하고 양보했던 그 때의 기억을.

그는 같은 5인회 멤버라 해도 거침없는 성격의 민혁이나, 이해타산에 밝은 재민과 달리 늘 침착하고 진중한 성품의 소유자라 할 수 있다.

그러니 당연히 상황도 모르고 그의 신분을 밝힐 정도로

어리석지는 않았다.

마수혁은 재빨리 온화롭게 미소를 띄우며 웃었다.

"하하. 그럼요. 그 때 일은 서로 잘 해결된 것으로 알고 있는 데 굳이 여기서 꺼낼 필요가 있을까요?"

"그 쪽이 그렇게 생각한다면야."

"고맙습니다."

민혁이 이런 웃기지도 않는 장면을 좋아할 리 없었다. 그는 그 둘 사이에 대뜸 끼어들어 성질을 냈다.

"야! 뭔데 그래?"

"아냐. 그보다 여기 이 분하고 넌 어떤 관계야?"

"뭐? 이 분?"

수혁의 뜬금없는 정중한 말투는 주변을 침묵으로 만들기에 충분했다.

수혁의 외가는 오래 전 일본으로 건너가 파친코와 사채로 엄청난 성공을 거두었고 이를 바탕으로 엄청난 재력을 형성한 가문이었다.

말년에 한국에 대한 그리움으로 수혁의 외할아버지는 적지 않은 자금을 한국에 투자했는데 최근 10년간 한국 금융권에 유입된 일본계 지하 자금 중 상당수가 그들의 것이라 할 정도다.

어린 시절부터 같은 동네에서 자라난 이들은 가진 배경이나 재력을 바탕으로 고등학교 졸업 후, 의기투합해서 바로 5인회를 만들었다. 그리고 지금까지 그 멋진 우정을 유지하는 중이다.

물론 5인회라고 해봤자 어차피 외부에서 보면 철부지 잘난 척 하는 왕자들이 흥청망청 노는 모임에 불과했지만 – 그렇다 해도 그들에게는 이 모임은 사교라는 장에서 볼 때 어느 정도 의미는 존재했다.

그러는 상념도 잠시.

민혁이 대뜸 말을 끊었다.

"뭔 헛소리야? 현수는 미국에서 함께 공부하던 친구야."

"친구?"

"응. 대체 너희 둘 사이에 뭔 일이 있었는데 그래?"

"됐어. 모르면 네가 신경 쓸 필요는 없다."

수혁은 고개를 흔들었다. 하지만 이런 행동은 더 강한 호기심만 낳을 뿐이었다.

수혁의 경직된 얼굴, 시선을 회피하는 행위, 머뭇거리는 태도로 미루어 짐작은 가능했다. 바로 눈앞의 시큰둥한 모습의 안경잽이 말고 또 누가 있겠나.

이것이 뜻하는 바는 하나다.

그의 정체가 수혁도 어려워할 정도로 만만치 않다는 것이다.

그런데 과연 한국에서 수혁이 고개를 숙여야 할 정도의 인물이 있단 말인가?

최근 강남구 역삼동에 위치한 서울 호텔을 통째로 매입해서 재작년에 라마다 르네상스 호텔로 상호를 변경한 주인이 수혁의 친어머니였다.

　그들 사이로 주아영만 흥미롭다는 빛으로 보더니 등을 돌려 떠나며 말했다.

　"오빠? 나 먼저 갈테니 우리 집에 인사 오는 것 잊으면 안 돼? 알겠지?"

　"알았어."

　"오케이. 내 핸드폰 번호 알지?"

　"알아. 암튼 조심해서 들어가고, 연락할게."

　"응."

　"잘 가라. 아영아."

　"오빠들도."

　민혁은 아영과 헤어진 후, 현수의 어깨를 툭치면서 물었다.

　"넌? 마중 나온 사람 없냐?"

　"미국에서 한국 온다고 연락 자체를 안 했어."

　"왜?"

　"번거로운 게 질색이라서."

　"희안한 놈."

　"너희 먼저 들어가. 난 천천히 갈 테니."

　"그럴까?"

수혁은 민혁과 현수가 농담을 하는 것을 보다가 바로 끼어들었다.

"괜찮다면 저희와 함께 가는 게 어떻습니까?"

"아니. 괜찮아요."

"할 수 없네요. 그런데 미국에는 언제 다시 돌아갈 예정이죠?"

"다음 주까지는 한국에 있을 겁니다."

"그럼, 그 안에 연락을 다시 드리죠. 그 때 정식으로 식사 초대 할 테니 만나서 식사라도 하죠. 여기 명함입니다."

"오메가 엔터가 아니네요?"

"하하. 그 때는 사회 경험 때문에 어쩔 수 없이 오메가에 있었던 겁니다."

"그래요? 라마다 호텔 영업 상무라. 어린 나이에 대단하군요. 그런데 난 명함이 없는 데? 어쩌지."

"괜찮습니다."

그렇게 현수와 헤어진 민혁과 재민은 수혁에게 고개를 돌리더니 부리나케 추궁하기 시작했다.

"대체 뭐야? 저 놈 정체가?"

"왜? 나보다는 네가 더 잘 알아야 정상 아닌가?"

"이제 알아봤자 고작 6개월밖에 안 됐어."

"암튼."

"말해봐. 현수 저 놈? 뭐야? 대단한 집안 아들이야? 권력가 아들? 혹시 재벌?"

"몰라. 지금 이야기하기 좀 곤란해."

"왜? 그런데 대한민국 30대 재벌가 자식 중에 정현수라고 있었어? 난 한 번도 못 들어봤는데?"

재민 역시 궁금하다는 듯 무언가를 골똘히 생각하더니 민혁의 말에 부연 설명을 계속했다.

"직계는 아닌 것 같아. 한국 바닥에 재벌이야 뻔한데 저나이에, 저런 이름 들어 본적도 없고 방계가 제일 유력한데? 어디 방계지? 삼성? LG? 삼성은 이씨고, LG는 구씨와 허씨 아닌가?"

"미친 놈들! 아주 쇼를 해라. 그딴 유치한 이야기는 제발 그만하고 밥이나 먹으러 가자. 배고파 죽겠다."

"뭐? 밥? 마수혁? 장난 까냐?"

"어찌 된게 넌 허구헌날 욕이냐."

"씨발? 니가 이러니까 더 궁금하잖아?"

마수혁은 그들이 뭐라고 하든 발걸음을 떼고 있었다.

처음에는 그들의 말처럼 그의 정체를 이야기하려고 하다가 가만 생각하니 아직까지 AMC그룹의 실질적인 오너가 언론에 밝혀지지 않았다는 것에 생각이 미쳤다.

한국에서 AMC그룹의 회장은 최상철로 알려져 있었다. 그리고 그게 당연한 것으로 여겨지던 시점이다.

AMC그룹의 창립자인 정현수는 모종의 이유로 전면에

나서는 것을 싫어했다.

현재 AMC그룹은 한국에서 매출 순위 기준으로 재계 서열 14위였고. 순이익 기준으로는 한화그룹, 한진그룹보다 훨씬 더 높았다.

한국에서 5대 그룹과 10대 그룹은 순위 차이가 별 것 아닌 것 같아도 규모면에서 비교가 안 되는 것이 정설이다. 마찬가지로 10대 그룹과 30대 그룹 간에도 차이가 많았다. 재벌이라도 다 같은 재벌이 아니라는 의미다.

마수혁이 평가할 때 AMC그룹은 조만간에 10대 그룹 내에 들어갈 것이 확실시 되는 회사였다.

그만큼 현금 창출 능력이 좋았고 벌이는 사업마다 성공 신화를 이룩한 기업이었다.

그 그룹의 오너가 바로 정현수였다.

대한민국에서 재력은 바로 권력이다.

그는 오메가 그룹의 조필상 회장이 어떤 역량을 지녔는지 누구보다 잘 알고 있었다. 조필상은 보이는 것보다 더 강한 인물이었다.

그런 조필상이 어떻게 무릎을 꿇었는 지 그보다 더 잘 아는 사람은 없다.

이런 거물급이 스스로 신분을 밝히기를 원치 않는데 그가 굳이 먼저 나서서 혹시 모를 반감을 살 이유가 어디 있겠는가? 마수혁은 영리한 인물이었다.

그는 침을 꿀꺽 삼켰다.

남들은 부러운 인생이라고 말할지 모르지만, 수혁도 남몰래 만만치 않은 험로를 걸어왔다.

형제간의 탐욕, 부모의 무관심, 권력에서 생존하는 길을 스스로 터득한 인물이다.

그는 차의 시동을 걸면서 천천히 올림픽 대로를 향해 달리기 시작했다.

100조를 향해서

NEO MODERN FANTASY & ADVENTURE

Part 18-1. 가진 자의 그릇

Part 18-1. 가진 자의 그릇

저 멀리서 전화벨이 후라이팬에 콩을 볶는 것처럼 요란하게 울리며 신경을 자극했다. 받아야 하나? 어떻게 하지? 무의식 중에 소리쳤다.

그도 그럴 것이 눈꺼풀이 돌덩이를 얹은 것처럼 좀처럼 떠지지가 않았던 탓이다.

아니, 어쩌면 세상의 밝음을 다시는 마주하고 싶지 않아서인지도 모르리라.

하지만 송곳으로 종이를 찢을 때 들리는 소음처럼 전화는 여전히 정적을 뚫고 울려 퍼졌다.

얼마나 마셨을까? 입이 바싹 말라왔다. 술기운이 아직도 온 몸을 부르르 떨게 했다. 위장은 신물이 올라와 구역

질과 메스꺼움이 가득했다.

그 때서야 정신을 차린 찬형은 엉금엉금 기었고, 겨우
수화기를 들 수 있었다.

"야! 임마. 뭐 하는 데 연락이 안 되냐?"

"으음. 누, 누구?"

그는 정신차릴 겨를도 없이 질책을 하면서 퉁명스럽게
첫마디를 뗐다.

"누구기는! 네 형님이시다."

"아? 현수냐?"

"지금 시간이 몇 시인데 아직도 안 일어나? 대충 세수하
고 빨리 나와. 어제 한국에 왔어."

"뭐? …한국? 지금 한국이라고?"

졸음이 달아난 찬형은 깜짝 놀라는 어조로 반문했다.

"언제 왔는데?"

"어제."

"아니? 미리 올 거면 연락을 해야 할 거 아니냐? 그럼
공항에 픽업 나갔을 거 아니야? 대체 왜 이래? 네가 이러
고도 친구야?"

"하하. 아. 그게 그냥 그렇게 됐다. 암튼 후다닥 기어 나
와. 알았지?"

"잠깐! 일단 정신 좀 차리고."

"오케이"

전화를 빠르게 끊고 찬형은 화장실로 급하게 향했다. 어제의 폭음 때문에 본능적으로 아랫 부위에 요의를 느꼈고, 뒤이어 분수처럼 소변이 뿜어졌다.

뜨거운 물에 대충 샤워를 하고 수건으로 닦으면서 거울에 비춰진 모습을 엉겁결에 본다.

뭐지? 이 느낌? 초췌한 느낌이다.

덕지덕지 난 수염과 다듬어지지 않은 긴 머리카락이라니. 이건 흡사 2차 세계대전의 패잔병과 다를 게 없지 않나.

현수의 갑작스런 한국 방문에 솔직히 머리가 혼란스러워졌다. 주먹에 자신도 모르게 힘이 들어갔다.

어떻게 해야 하지?

쉽게 답이 안 나왔다.

세수와 면도를 한 후, 속옷을 갈아입기 시작했다.

그는 그 나이 또래에 비해 많이 부유했다. 그리고 그 부유함이 어디서 온 것인지 그 누구보다 더 잘 안다.

현재 그는 궁지에 몰린 생쥐와 비슷했다.

아니, 어쩌면 더 심할지도 모른다. 잘못하면 수십억이 투자된 가게를 고스란히 뺏길 위기에 몰려 있었다. 어디그 뿐인가. 믿었던 지인의 배신에 형사 기소까지 당한 상황이었다.

그럼에도 그는 현수에게 이 사실에 대해 전혀 언급을 하지 않았다. 자존심 때문이다. 그는 친구라는 관계는 평등

해야 된다고 믿는 그리 많지 않은 어린 수컷 냄새가 가득한 낭만파라 할 수 있다.

자신의 인생이었다. 그의 잘못 때문에 친구의 어깨에 기댄다는 것 자체가 스스로에게 용납하기 어려웠던 탓이다. 그렇게 생각을 정리하면서 뺨과 목덜미에 무스크 향의 스킨을 바르기 시작했다.

✳

"요즘 어때?"

"그냥 그렇지 뭐. 스탠포드 입학했다며?"

"응. 경영학과 들어갔어."

"오오? 대단하네? 얼마나 공부를 잘했으면 그 유명한 스탠포드를 들어가냐?"

찬형이 운전하는 폰티악 파이어버드는 요란한 굉음을 내면서 도산대로를 지나 빠른 속도로 다른 차를 추월했다.

조수석의 현수는 썬루프에서 들어오는 찬 바람을 그대로 느끼며 큰소리로 말했다.

"기부 입학이다. 짜샤."

"뭐? 기부 입학?"

"돈 좀 쓰고 인맥도 좀 썼어. 아버지가 엄청 좋아하더라. 거기 들어갔다고. 흐흐."

"좋겠네."

"아, 몰라. 그보다 배 안 고파? 밥이나 먹자."

"어디? 조용한 데 갈래?"

"아는 데 있어?"

"논현동에 한정식 잘하는 집 있는 데 거기 가자."

"됐네. 그런 건 별로고. 그냥 분식집이나 가자. 오랜만
에 떡볶이에 순대? 어때? 콜?"

"니가? 떡볶이?"

"뭘 그런 눈으로 쳐다보냐? 너도 외국 생활해봐라. 양식
은 느끼해서… 나처럼 변하지. 뭐해? 안 가고?"

"그래. 간만에 분식이나 먹자."

차는 급하게 커브를 틀더니 원앙 예식장 근처의 어느 김
밥 집에 주차를 했다. 둘은 들어가 주문을 했다.

작은 테이블 몇 개에 기존의 손님이 있었던 탓에 그 옆
에 쭈그리고 앉아 음식을 먹었지만 예상 외로 맛있었다.

뉴욕에서도 한식집이 있어서 가끔씩 먹었지만 이곳과는
확실히 달랐다.

가만히 생각하니 회귀 전에는 돈이 없어서 주린 배를 때
울 때 가끔 찾아 온 곳이었다.

그 때는 구질구질한 이런 인생 자체가 싫었는데 이제는
배가 불렀는지 문득 낭만처럼 느껴질 뿐이다.

저절로 웃음만 나왔다.

식사를 마친 후, 가까운 한강 고수부지로 차를 몰았다. 차를 주차시키고 매점에 음료수를 사러 간 사이에 강변의 둑에 앉아 담배를 태우고 있는 찬형의 뒷모습이 시선에 잡혔다.

"무슨 생각을 그렇게 해?"

"아? 그냥."

"여자들 봐라. 전부 나시차림이네. 오! 섹시!"

"왜? 이쁜 애라도 있어?"

"헛소리는."

찬형은 현수의 반응에 시큰둥하면서 화제를 다른 곳으로 돌렸다.

"미정씨는 이제 아예 안 만나는거야?"

"응. 서로 헤어지자고 말은 안 했지만 끝났어."

"저번에 영화 식스 센스가 히트해서 요즘 자주 TV 나오는 것 같더라. 어제는 주말 드라마 조연도 하던데?"

"잘 나가네."

"진짜 관심 없나 보네? 근데 하나만 물어보자."

"뭐?"

"미정씨와 왜 헤어진 거야? 인물도 그 정도면 좋고 성격도 괜찮은데? 아닌가?"

"몰라. 나한테 확 끌리는 뭔가가 없데."

"그래? 그런데 그 여자는 널 왜 만난 거야?"

"나에게 미안해서 만난 거라는데. 쩝. 그러니 뭐 보내줘야지 어떻게 하겠어? 안 그래?"

"그런가. 그래도 좋은 여자네. 네 재력을 알면서도 그렇게 쿨하게 보내준 것 보면."

"후후… 그러니 내 첫사랑 아니냐. 짜식!"

"……"

"홍대라고 했나? 거기 가게는 잘 되냐?"

찬형은 약간 어두운 얼굴빛으로 대답했다.

"그냥 그래."

"돈 많이 들였다면서? 밤에 사람 관리하는 것 힘들지 않아?"

"몰라…"

"모르기는. 네가 모르면 누가 아는데?"

"별로. 듣기 싫다는 뜻이야."

현수는 눈앞에 펼쳐진 한강을 몇 초간 응시하더니 재미없다는 표정으로 중얼거렸다.

"후후, 많이 힘든가 보네. 말 안하는 것 보니까?"

"세상에 안 힘든 게 어디 있겠냐."

"병신, 힘들면 때려쳐. 그게 뭐 대단한거라고."

"좃까! 그런 눈으로 보지 마. 재수 없으니까."

"왜? 꼽냐?"

"많이 컸네. 정현수? 흐흐."

"그래. 많이 컸다. 어쩔래?"

"너? 돈 좀 있다고 지금 나한테 깝치냐?"

"갑자기 성질은. 쯧!"

찬형은 장난식으로 성질을 내더니 담배꽁초를 구두 뒷꿈치로 질근 밟으면서 고개를 돌려 물었다.

"…근데 어떻게 알았어?"

"뭘?"

"나. 힘든 거?"

"내가 너 하루 이틀 보냐? 넌 딱 보면 얼굴에 다 나타나."

"솔직히 요즘 같아서는 그냥 가게 정리나 할까 생각 중이다."

"왜? 밴드 다시 하게?"

"응. 노래할 때가 그리워. 마음껏 기타도 치고 노래도 부르고 싶고."

"씨발! 어린 애냐?"

왜일까. 문득 그는 이 장면이 어떤 것과 닮았다고 생각했다. 강한 나르시즘, 흐릿한 말투, 약간 지친 눈빛까지.

여자도 아닌 데, 금발로 염색된 찬형의 머리카락이 더없이 탐스러워 보인다. 어깨선이 보였다. 예전에는 정말 넓고 강했는데, 그런데 지금은 많이 작아 보였다.

"아니면 노래 부르면 되잖아?"

"근데 그게 생각보다 어려워."

"예전 선배들하고 그 문제?"

"그것도 그렇고."

"요즘 안 만나? 그 선배들하고?"

"글쎄? 그 때 일 이후에 솔직히 잘 모르겠어. 그리고 과연 그 때 내 행동이나 결정이 잘한 것인지도 후회가 될 때도 조금 있고."

현수는 무슨 뜻인지 이해한다는 듯 또렷한 어조로 말을 끊었다.

"굳이 스스로를 자책할 필요가 있을까?"

"무슨 뜻이야?"

"정말로 너를 생각하는 놈들이라면 지금까지 연락 한 통화 없는 게 더 이상한거지."

"글쎄? 아버님이 그렇게 돌아가신 후, 학교 중퇴하고 가출해서 갈 곳 없던 나를 받아 준 게 형들이었어. 숙소도 마련해주고 생활비도 줬는데…."

"네 잘못 아니야. 병신아."

"아냐. 이제와 배은망덕하게. 지금 생각하니 그 때 그러는 게 아니었어."

찬형은 이마로 내려온 머리칼을 올리며 말꼬리를 살짝 흐렸다.

그는 꿈을 꾸는 듯 했다. 그의 몽롱한 눈동자가 보였다.

락그룹 리버럴 Liberal은 한 때는 그의 모든 것이나 마찬

가지였다. 그 때는 기타 하나만 있으면 세상을 다 가질 수 있을 것 같은 불같은 열정이 존재했었다.

그 열정은 더 높은 창공을 향해 포효를 하면서 꿈을 꾸기만 해도 배가 부른 시절이기도 하다.

거기서 미치도록 좋아하던 음악을 배웠다.

노래가 좋았고, 리듬에 광분했다. 강한 락비트와 함께 세상은 이제 그들의 것이 된다.

순수, 기세, 정열, 광기를 사랑하던 뜨거운 시절이다.

하지만 현수와 함께 블루 툰이라는 희대의 작곡팀이 만들어지면서 락그룹 리버럴에는 조금씩 균열이 생겼다.

언제까지 귀여운 막내라 생각했던 찬형이 점점 커져서 이제는 그들이 감당하기 어려운 존재로 변한 것이다.

돈은 점점 더 그 균열을 깨트리기에 충분했다.

그러다 우연한 기회에 술자리에서 찬형이 자랑 비슷하게 현수에 대해 언급하게 된다.

AMC엔터테인먼트는 그 때 막 무섭게 뻗어가던 시기였다. 늘 마이너에 불과했던 리버럴의 멤버들은 그들이 그 때까지 올곧게 지켜온 자유와 속박이라는 신념을 벗어던졌다.

- 찬형아? 우리 데뷔를 할 수 있게 네가 힘 좀 써봐.

- 너랑 친하다면서? 친구? 맞지? 작년에 10대 가수 중

4팀을 배출한 그 회사잖아? 대박이네.

　- 그래. 언제까지 이렇게 구질구질 살 필요가 있겠어? 이제 곧 우리도 결혼도 해야 하는 데.

　- 요즘 락그룹도 점점 대중하고 눈높이를 맞추는 쪽으로 추세가 흘러가는 중이야.

　- 너? 우리가 속물이라고 욕하는거야? 젠장! 그런 눈으로 보지마. 우리만 잘 살자고 그러는 게 아니잖아.

　그들은 어둠 속에서 삼류 술 주정꾼의 희롱을 받는 대상이 되고 싶지 않았다. 싸구려 무대에서 돈 몇 푼에 굽신거리는 것에 이제는 진저리가 난 멤버들의 요구는 어쩌면 그리 과한 게 아니었으리라.

　하지만, 찬형은 이 모든 부탁을 거절했었다.

　별 것 없었다. 그 때만 해도 그는 순수한 어린 아이였던 탓이다. 정말 그는 그것이 락그룹의 정신이라 생각했다.

　그저 단순하게 생각했다.

　하지만 그 후, 돌아온 것은 온갖 냉대와 오해, 적의뿐이었다.

　그리고 밴드의 해산이었다.

　그 때는 그들이 왜 그랬는지도 몰랐다.

　그러나 이제는 알고 있다. 하지만?

　이런 저런 상념 속에 찬형은 경직된 얼굴빛을 애써 지우면서 퉁명스럽게 말했다.

"넌 어때?"

"어떻기는 너무 잘 나가서 탈이다."

"왜?"

"그냥."

"대체 얼마나 벌었는데?"

"많이 벌었지. 무진장!"

"자랑은 아주 대놓고 하시는군. 야, 야. 오바이트 나오겠다."

"자랑이 아니라 현실을 말하는 거야."

"흐흐. 내가 미쳐."

"순수하게 개인 재산으로 따지면 아마 내가 대한민국에서 두 번째일 거야."

"크큭. 미쳤구만."

찬형은 저 뻔뻔한 말투에 어이 없어하는 실소를 하면서도 궁금해서인지 재차 입을 열었다.

"그럼 첫째는 누구인데?"

"삼성 이회장 아닐까? 어쩌면 이회장보다 내가 더 많을지도 몰라. 정확히 계산해보지 않았지만. 어쨌든 보수적으로 잡아도 그래. 그런데 문제는 이 돈이 한국에서는 많아도, 막상 미국에서 보니 별 게 아니더라고."

"무슨 뜻이야?"

"이 돈으로는 막상 사업을 하려니까 제대로 큰 그림을 그리기가 어렵다는 거야. 뭐라고 할까? 계륵 같다고 할까? 아직 멀었어."

"등신! 꿈같은 소리만 하는구나."

"부럽다는 소리 안 해?"

"씨발! 부럽다. 무진장 부러워."

"부럽냐? 좋아. 그러니까 말해봐. 무슨 일이야?"

"……"

"병신아? 나한테 이상한 열등감 느끼지마. 그냥 인정하면 그게 더 편할 거야."

현수는 도도하게 흐르는 강물을 보면서 돌멩이를 집어 던졌다. 그가 어찌 모를까.

다소 과한 리액션과 평소와 다른 반응, 얼굴에 군데군데 보이는 이제는 거의 아문 상처 난 딱지들.

그냥 짜증이 솟구쳤다. 너무 물러 터졌다. 그리고 속내도 제대로 숨기지 못했다. 만약 그가 회귀를 하지 않았다면 그는 찬형의 입장을 이해하지 못했을 것이다.

그것의 정체는 열등감일 것이다.

열등감이란 서로의 차이에서 발생하는 법이다.

누구는 유럽 여행을 쉽게 다니고 자녀에게 고가의 과외를 별 뜻 없이 이야기할 때, 가진 것이 없는 이는 자신이 해주지 못하는 것들을 쉽게 말하는 그 친구에게 상대적인 박탈감을 느끼게 된다.

물론 이 둘 사이에 선악은 존재하지 않는다. 서로의 입장 차이에 불과하기 때문이다. 그래서 끼리끼리 만난다는 말이 생긴 것이다.

그는 찬형이 자신을 철저하게 이용하기를 원했다.

이용이라는 단어가 왜 나쁜가? 어차피 세상은 서로가 가진 것을 주고 받는 것이다. 그것이 이익이든, 정이든, 혹은 추억이든 간에.

그게 솔직한 그의 심정이었다.

"내가 뭘?"

"내 재력, 내 권력! 어렵게 생각하지 마. 단지 내가 특별한 것뿐이야. 그러니 그냥 이용해. 머리 굴리지 말고. 말해봐. 내가 미국 간 동안에 대체 무슨 일이 있었던 거야?"

다시 언성을 크게 높였다.

찬형은 학창 시절 유일하게 그를 존중해 준 놈이다. 이게 별 것 아니라고? 그래. 별 것 아닐 수도 있다.

어쩌면 그것이 그에 대한 호의가 아닌, 그의 천성일 수도 있겠지. 그저 큰 뜻 없는 그런 것 같은….

하지만 그 시절 그는 친구의 정이 너무 그리웠다.

검은 뿔테 안경과 왜소한 어깨, 공부도 못하고 집안 형편도 어려웠다. 그러니 그 누구도 나약하고 소심했던 그를 평등하게 대해주지 않았다.

친구 없는 인생을 생각해 본 적 있을까.

그 누가 비참한 그의 심정을 알까? 그것이 빌어먹게도 얼마나 쓸쓸한 감정인지를.

그는 이 사실을 너무나 잘 안다. 그래. 너무 잘 알기 때문에 더 짜증이 난 지 모른다.

지금 그가 누구인가.

젠장!

그럼에도 여전히 찬형은 예의바른 아이처럼 머뭇거릴 따름이다. 현수가 추궁하듯 되물었다.

"그러니 말해 봐."

"별로 하고 싶지 않아. 그만 하자."

"좋아. 정 그렇다면 더 이상 묻지 않을게. 그 대신 내가 직접 사람 써서 조사하고 내 마음대로 처리한다."

"아니. 생각이 바뀌었어. 말할게."

"Good Idea!"

"혀 굴리지마! 씨발! 양키 새끼!"

그의 설명은 그리 오래가지 않았다.

현수는 조용히 그의 말을 듣고만 있었다. 지금까지 이야기에 어이없어하는 표정만 간혹 지을 뿐이다.

그러다 마지막에 종우가 다리를 절게 되었다는 소식에 눈썹이 찡그려졌다.

뜨거운 여름이었다. 수은계는 32도를 가르쳤고 얼마 후,

비가 조금씩 내리면서 세상을 씻어내기 시작했다.

✳

소혜련은 그다지 좋은 기분이 아니었다. 그도 그럴 것이 본사에서 뜬금없이 그녀의 맡은 업무와는 상관없는 프랑스와 스페인 출장을 다녀오라는 지시 때문이었다.

그녀의 직책은 이제는 신흥 명문 구단으로 발돋움하기 시작한 첼시에서도 결코 낮은 편이 아니었다.

굳이 말하자면 그녀는 실세 중의 실세였고 첼시에서 세 손가락 안에 들어가는 파워를 지녔으니 이제는 자신의 위치를 마음껏 휘두를 때도 되었다.

하지만 불행히도 전화가 온 인물은 본사의 그저 그런 임원이 아니라 회장인 최상철이라는 게 문제였다.

그리고 그 둘은 불륜(?)을 의심할 정도로 친했다.

소혜련은 특히나 중요한 이적 件 불발로 더 신경이 예민해져 있는 상황이었다.

그러니 히스테리는 더 늘어날 수밖에.

"아니! 아무리 그래도 그렇지 이건 말이 안 되죠. 그 많은 AMC 산하의 유럽 법인은 뭐하고 내가 가야 한다는 것이죠? 네?"

멀리서 최상철 회장은 사이다처럼 톡 쏘아대는 소혜련

의 목소리를 부드럽게 대답했다.

"스페인의 문제는 첼시 원래 일이고 그냥 지나가다가 프
랑스 좀 들러서 확인하라는 게 뭐가 그리 힘들다고 그래?"

"그럼 따로 연봉을 더 올려주시던가요?"

"소실장! 진짜 그럴 거야?"

"흐흐. 회장님? 저 여기서 부사장 대우거든요? 언제적
실장이에요. 실장은!"

"이야. 몰라본 사이에 엄청 많이 컸네. 그래. 소부사장?
암튼 아까 말한 것 나중에 인사 고과에 다 반영시킬 테니
까. 알아서 하도록."

"회장님!"

"진짜! 귀청 떨어지겠네. 국제 전화비 많이 나온다. 이
만 끊을게."

"나 참."

소혜련은 다소 어이없다는 눈빛으로 수화기만 멍하니
바라보다가 결국 수긍하고야 만다.

말투나 행동은 절대 공손하지 않았지만 그 누구보다 예
전에 서로 코드가 잘 맞았던 상사가 지금의 높으신 회장이
었다. 아무리 마음에 안 든다 해도 어쩔 수 없었다. 그리고
얼마 후, 한국 본사에서 팩스가 들어왔다.

비서로부터 팩스를 전달 받은 소혜련은 천천히 자료를
훑어보기 시작했다.

그러다 약간 멈칫거려야 했다.

'뭐야? 바로셀로나잖아? 그리고 이건 또 뭐야?'

그녀는 자신의 눈을 의심할 수밖에 없었다. 아무리 정회
장의 막후 지시가 있었다 해도 그렇지 이건 말이 안 된다
고 생각한 탓이다.

100조를 향해서

NEO MODERN FANTASY & ADVENTURE

Part 18-2. 가진 자의 그릇

Part 18-2. 가진 자의 그릇

    지금의 첼시는 예전처럼 강등을 걱정해야 하는 하위권
의 성적을 내는 팀이 아니었다.

    1993년 한국의 AMC그룹에 인수된 첼시FC는 여러 스
카우터를 파견해서 전 세계 각지를 돌며 뛰어난 유망주를
긁어모으기 시작한다.

    그런데 여기서 놀라운 점은 그렇게 영입한 유망주들을
타 구단처럼 2군에 박아 놓고 생존 경쟁을 통해서 – 그들이
원하는 선수를 찾지 않는다는 점이었다. 그들은 뭘 믿는지
몰라도 곧 바로 첼시의 1군 스쿼드 명단에 등록시켰다.

    처음에는 이 우스꽝스런 광경에 속으로 비웃으면서 첼
시의 보드진은 축구를 모욕한다며 조롱을 퍼부었다. 허나,

모두의 예상을 깨고 첼시의 유망주는 바로 뛰어난 스타가 되었다.

아니, 그것도 그냥 걸출하게 활약하는 레벨이 아닌, 잡지에서 흔히 말하는 월드 클래스급 기량을 선보였던 것이다.

대표적인 예로 호나우도, 티에리 앙리, 카를로스 푸욜, 사비 에르난데스, 마이클 에시앙 등이었는데, 이들이 예전처럼 능력이 그대로 발휘된다면 당연히 성직은 오를 수밖에 없게 된다.

첼시는 93년에 리그 7위, 94년에 리그 3위를 기록했고, 급기야 95년에는 리그 우승과 챔피언스리그 8강을, 금년에도 맨유에 이어 2위로 끝마쳤다. 첼시는 애초부터 유망주 위주로 싸게 연봉 계약을 했고, 그 유망주가 뛰어난 성적을 내면서 자연스럽게 수입은 폭증하고 있었다.

구단은 3년 연속 막대한 흑자 행진중이다.

그러나 이런 첼시에도 걱정거리가 존재했으니, 갑자기 스타로 변한 선수단 내부의 분열이었다. 유망주들은 변하고 있었다. 유망주들은 성인군자가 아니다. 그들은 자신의 성적에 걸 맞는 대우를 원했고, 점점 더 오만해져갔다.

어떻게 보면 필연적인 변화가 아닐 수 없다.

어떤 이는 예전 논두렁에서 공을 차던 기억을 잊었는지 첼시가 비좁다고 빅클럽으로 이적을 요청하며 태업성 플레이를 벌인다. 또 어떤 이는 밤이면 여자와 과도할 정도로 문란한 생활을 영위했다.

소혜련은 결단을 내려야 할 시기라 판단했다.

'…통제가 필요해.'

소혜련은 지금 첼시에 필요한 것은 아직 덜 여물고, 버릇없는 덩치 큰 꼬맹이에게 회초리를 휘두를 수 있는 관리자라 생각했다.

그녀는 명성이 높고 강력한 카리스마를 지닌 감독을 원했다. 그런데 그녀의 이런 희망은 팩스 한 장으로 산산이 무너지고야 만다.

화가 안 날 수가 없었다. 그렇게 하릴없이 푸념만 내뱉다가 그녀는 어쩔 수 없이 스페인행 비행기를 타야 했다.

＊

스페인의 바르셀로나는 카탈루냐의 자치주로 유명했다. 또한 상업적으로도 성공했고 경제적으로 부유한 스페인 최고의 도시였다. 바르셀로나는 지중해의 따뜻한 기후와 감각적으로 뛰어난 건축물이 많았고, 우아한 거리에는 세련된 패션 감각의 젊은 여자들이 요염하게 거닐었다.

하지만 그 중 130만 시민의 힘으로 운영되는 FC바르셀로나는 축구를 사랑하는 이들에게는 가히 자랑거리라 아니 할 수 없다.

그리고 먼 런던에서 날아온 그녀들은 '꾸레' 라 부르는 그들의 성지인 Camp Nou 경기장의 바로 맞은편 어느 커피숍에 있었다.

"그래? 확인해 봤어?"

저 멀리서 문을 열고 들어와 앉는 줄리아에게 소혜련이 던진 최초의 말이다. 하지만 줄리아는 어두운 기색으로 고개를 살짝 저었다.

"출입 자체가 어려울 것 같아요."

"왜?"

"정말 몰라서 묻는거에요? 우리가 첼시 구단의 보드진이니 누가 들여보내 주겠어요? 설마? 헐리웃 영화처럼 저에게 스파이로 분장하라고는 하지 않겠죠?"

"그런가? 생각 외인데? 그보다 뭐 마실래?"

"레몬 에이드로 할게요."

"여기! 레몬 에이드 한 잔 추가!"

어두운 조명 탓일까?

기분도 왜인지 다운되는 분위기다. 다이어리를 펼친 채 펜대를 굴리던 소혜련은 가만히 침묵을 지켰다. 눈앞에 보이는 달콤한 치즈 케이크조차 지금은 미각을 북돋아주지 못했던 탓이다.

줄리아는 그런 기분을 이해한다는 듯 미소만 지을 뿐

이다.

"정말? 그 사람이 아니면 안 돼요?"

"아마도."

"그게 무슨 뜻이에요?"

"그가 그렇다고 하니 그렇겠지."

"보스!"

"아, 진짜! 시끄러. 귀청 떨어지겠네. 나라고 좋아서 여기 온 줄 알아? 알잖아? 우리가 원하는 인물은 첼시에 어울리는 감독이라고! 어설픈 하위팀 감독직이 아니란 말이야."

"거기다 세상에 첼시의 감독을 원하는 이들은 무척 많죠."

"흐흐. 그래. 그래서 우리의 임무는 팔짱을 끼고 당당하게 그들 중 첼시에 어울릴만한 커리어를 가진 뛰어난 감독 후보를 찾는 역할을 하는 것이지. 제아무리 뛰어난 사람도 우리가 연락하면 저 멀리에서도 비행기를 타고 날아와 선한 미소로 인터뷰를 하러 오는 게 정상이야. 안 그래? 줄리아?"

"그렇기는 하죠. 에구."

소혜련은 약간 괄괄한 성격이었다.

덕분에 그동안 참았던 마음속의 불만이 폭포수처럼 터져 나올 수밖에!

적지 않은 시간동안 소혜련을 수행해 온 줄리아가 어찌 이 사실을 모르겠는가? 그녀는 속으로는 '미친 마녀'라고 욕하면서도 겉으로는 기꺼이 이 사실에 동조하면서 대답했다.

"그렇죠. 첼시가 예전 첼시도 아니고."

"그렇지? 근데 문제는 그 사람이! 아니, 그 새끼가 이 사람이 아니면 안 된다고 하니 기가 막힌 노릇이지. 진짜 미치고 팔짝 뛰지? 안 그래?"

"쩝, 그렇기는 그렇네요. 그런데 그가 누구죠?"

"……."

소혜련은 막상 결정적인 순간에는 대답을 하지 않았다. 그러자 줄리아는 재차 대화를 계속했다.

"아예 방법이 없는 건 아니에요."

"말해봐."

"마침 예전 대학 동기 중에 수소문을 해보니 스포츠 일간지인 문도 데포르티보에서 일하는 기자가 있어요. 공교롭게도 그 쪽이 FC바르셀로나 관련 취재를 많이 해서 부탁을 해볼까 생각 중인데 어떨지 모르겠네요?"

"잘못하면 언론에 노출되지 않을까?"

"그 외에는 방법이 없어요. 이 부탁도 그 동기와 제가 그리 친한 사이가 아니라 확실히 될지 안 될지도 모르고."

"알았어. 그렇게 진행해 봐. 그리고 …이거."

"뭐죠?"

"그에 대한 프로필이야."

"아?"

줄리아는 그 때의 소혜련처럼 프로필을 보자 이내 어이 없다는 표정을 지었다. 하지만 소혜련은 애써 그 사실을 무시하더니 다시 재촉했다.

"알겠어? 어떤 일이 있어도 불러와. 그게 당신 임무야."

"어려운 일만 시키네요."

"아는 사람 통해서 잠깐 불러내기만 하면 돼. 아무리 첼시와 바르셀로나가 경쟁 구단이라도 우리가 지금 이쪽 선수 빼가려고 온 건 아니잖아?"

줄리아는 혀를 삐쭉 내밀며 짓궂게 대답했다.

"그건 알지만 그쪽에서는 그렇게 안 본다는 것이 문제죠. 그리고 아직 바르셀로나와 경쟁 구단까지라고 하기에 첼시가 많이 모자라지 않나요?"

"시끄러!"

✳

"이제 들어가나?"

"네."

"그래? 스트레스도 많은 데 함께 술이라도 한잔 할 텐가?"

둥글고 큰 머리통에 약간 고집이 있어 보이고, 덩치가

73

큰 루이스 반할 감독이 흥미롭게 말했다.

"아니. 다음에 하죠. 오늘 누가 좀 보자고 해서요."

"그래? 할 수 없지. 어제 신임 회장인 누네즈와 단판을 지었어. 현재 공석인 바르셀로나 2군 감독직에 자네를 추천했지. 물론 아직 확정은 아니야. 자네 외에도 2명의 후보가 더 있으니."

"말만이라도 감사합니다."

"아니아. 자네의 뛰어난 선술 분석 능력이나 축구에 대한 열정이 만든 자리니 굳이 내게 그럴 필요 없어. 일단 지켜보도록 하자구. 오케이?"

바비 롭슨 감독의 사임 후, 바르셀로나 신임 감독으로 내정된 루이스 반할은 묘한 표정으로 트랙에 서 있었다.

조세 무리뉴는 무언가 말하고 싶어졌다.

하지만 쉽게 입이 떨어지지 않았다. 바르셀로나 2군 감독직이라?

비록 어떤 결과물을 얻을지 궁금하기는 해도 통역관에 불과한 자신에게 루이스 반할 감독의 이런 호의는 확실히 의외라 할 수 있으리라.

왜인지 오늘만큼은 그동안 축져진 어깨가 으쓱거렸다.

워낙에 스타군단에서 일하다 보니 선수에게 무시당하는 것은 비일비재했고 박봉에 존재감도 없는 그런 직업이었던 탓이다.

불과 한 달 전만 해도 바비롭슨 감독이 경질되면서 무리뉴도 걱정이 만만치 않았다. 이제 막 결혼까지 한 몸으로서 한 가정의 생계를 책임져야 하는 위치다.

　그러다 네덜란드 아약스에서 오랫동안 지휘봉을 잡았던 명장이 부임하였고 이제 기회가 생긴 것이다.

　'문도 데포르티포 기자의 부탁이라니?'

　아까 구단 프론트로 걸려온 전화에는 누군가 그와 만남을 부탁한다면서 외부에서 기다리겠다는 연락이었다.

　물론 그로서는 거절할 수도 있었다. 하지만 무리뉴를 직접 만나기를 원하는 이들이 그의 새로운 직장과 연관된 일이라는 힌트에 기꺼이 발걸음을 옮기게 만들었다.

　'혹시 다른 클럽에서 통역관 제의일까? 설마?'

　내심 몇 가지 추측을 하면서 무리뉴는 검은 색 서류가방을 맨 채로 구단에서 퇴근했다.

✻

　"여기에요!"

　"안녕하세요? 당신들이 저를 찾았던…?"

　"네. 맞아요. 아무튼 반가워요. 조세 무리뉴씨."

　"반갑소."

　서로에 대한 간단한 인사를 건넨 후, 무리뉴는 약간 실망한 표정과 함께 어색한 웃음을 드러냈다.

줄리아의 친구인 여기자가 소혜련의 신분을 밝혔다.

"이쪽은 첼시FC의 부사장인 소혜련입니다."

"아. 그렇군요."

"처음 만나뵙지만 잘생기셨네요. 결혼은 하셨나요?"

"그게 중요한 건 아닌 것 같군요. 그런데 어쩐 일로 스카 웃 보드진이 여기까지 온 거죠? 설마? 바르셀로나 선수에 게 관심 있습니까?"

"전형적인 오해 같군요. 당신 때문에 여기까지 왔다면 믿으시겠어요?"

"통역관이라도 필요합니까?"

"설마 통역관 때문에 여기까지 왔다고 생각하는 건 아 니겠죠?"

줄리아는 이 젊은 미남자를 보면서 여러 가지 생각에 잠 겼다. 경직된 표정, 경계를 하는 눈빛, 의문에 가득한 모습 까지 이해가 되는 기분이었다.

"일단 이야기할 게 많으니 천천히 주문부터 하고 대화 를 하는 게 어떨까요?"

"아. 미안합니다."

무리뉴는 스스로 자신을 질책을 하면서 겸연쩍게 사과 를 해야 했다. 저들이 자신을 보면 뭐라고 놀릴까?

순간 얼굴이 홍시처럼 벌겋게 달아오르는 기분을 느꼈다.

두 명의 백인 여자와 한 명의 동양 여자.

하나는 스페인 기자, 또 다른 둘은 영국 프리미어리그의 첼시FC 보드진의 고위층이었다.

첼시FC는 최근 프리미어리그에서 돌풍을 일으키면서 전통의 맨체스터 유나이티드와 패권을 양분하는 클럽이었다. 물론 유럽 패권을 다투는 이탈리아 AC밀란이나 스페인의 FC바르셀로나보다는 다소 못하다는 평가라 해도 첼시라는 이름은 이쪽 세계에서는 로열박스에 속해 있었다. 거기다 부사장이라니? 구단의 최고위층 아닌가.

이런 상념도 잠시.

마침내 소혜련은 커피를 다 마신 후, 입을 열었다.

"당신의 궁금증을 풀어드리도록 하죠. 현재 첼시FC는 구단의 전폭적인 지원 아래 지난 3년 동안 꽤 괜찮은 성적을 낸 상황입니다. 하지만 우리는 좀 더 높은 꿈을 꾸고 있습니다. 가령 예를 들어 챔피언스리그 우승 같은 것이죠."

"……."

"작년까지 첼시를 이끌어 주시던 감독님이 계약 만료로 팀을 떠났습니다. 그리고 올해 하반기부터 시작되는 경기에 감독직이 공석이죠."

이 때쯤 되자 조세 무리뉴는 떨리는 손을 부여잡고 애써 침착하게 묻지 않을 수 없었다.

"무슨 뜻입니까? 그게?"

"당신에 대한 프로필을 조사했습니다. 아직 감독직은 맡아 본 적 없지만 특유의 친화력을 바탕으로 주위의 평판이 상당히 좋더군요. 그리고 무엇보다 축구에 대한 열정이 대단히 높고 축구의 전략에 대해 심도 있게 공부를 한 분으로 파악이 되었습니다. 특히나 영어, 포르투칼어, 스페인어, 이태리어, 불어 등 5개 언어를 사용하는 장점도 있구요. 어떻습니까? 첼시 구단의 감독을 해보시는 게?"

"진, 진심입니까?"

소혜련은 입꼬리를 여우 꼬리처럼 치켜 올리며 도발적인 표정을 드러냈다.

무명에 불과한 세계 각지의 10대 유망주를 직접 찾아가 이런 제의를 할 때 백이면 백 누구나 지금처럼 동공을 떨어댔다.

그들에게 지금과 같은 제안은 하늘에서 내려온 황금 동아줄이나 로또와 비슷했기 때문에 그녀는 약자들이 느끼는 이런 행복감에 도취된 모습에 희열을 느꼈다.

흡사 고대의 황제가 그녀 앞에서 무릎 꿇고 감격에 취해 만세 삼창을 하는 모습과 무엇이 다르다 할 수 있을까.

아. 너무 변태적인가?

소혜련은 침착한 어조로 대답했다.

"네. 사실입니다."

"하지만? 저는 아직까지 3부리그 감독조차 맡아 본 적이 없는 초짜입니다."

"싫다는 뜻인가요?"

"물론 그건 아닙니다. 단지 얼떨떨해서요."

"당신이 첼시 감독에 어울릴 수 있도록 훌륭한 대우를 해드리도록 하겠습니다."

"혹시라도 성적이 안 좋으면 커리어를 핑계로 비난이 쏟아질까봐 걱정이군요."

"후후, 괜한 생각입니다. 아직까지 그 인간이 찍어서 실패한 경우는 보지를 못했으니까요."

"그 인간이라뇨?"

"아! 신경 쓰지마세요. 흐흐."

무리뉴는 긴장한 모습을 유지하면서 약간 투박한 영어로 자신의 견해를 피력했다.

"아무튼 하겠습니다. 항상 클럽의 감독직을 꿈꾸고 있었는데 막상 첼시처럼 큰 클럽의 감독이라니 믿어지지 않는군요."

"조세 무리뉴씨! 첼시의 전설이 되도록 해주세요."

"노력하도록 하죠."

"아? 그리고 나중에 저희가 한국 선수 중 괜찮은 선수를 구단에 데려올 경우 잘 좀 부탁드릴게요."

"음, 그런데 이것도 계약 사항입니까?"

"아니에요. 그냥 부탁이에요. 저희 그룹이 한국 기업이라는 점을 알아주세요."

"알겠습니다."

조세 무리뉴는 동의를 하지 않고 그저 단답형으로 대답
했다. 그는 영리한 인물이었다. 이들을 위해 형식적인 립
서비스 한 두마디를 던지는 건 어렵지 않았다.

하지만 그의 모든 것인 축구라면 확실히 진지해질 수밖
에 없다. 그것이 비록 자신의 목을 벨 수 있는 권력자의 앞
이라 해도.

소혜련은 크게 신경 쓰지 않는다는 듯 무리뉴를 쳐다보
았다. 날카로운 콧날, 동그란 눈동자, 부드럽고 섬세한 손
가락을 보면서 찬사를 보낼 뿐이다.

"당신! 잘생겼네요. 여자는 즐겨 만나는 타입인가요? 저
는 어떤가요?"

"죄송합니다. 하하, 결혼했습니다."

무리뉴의 어이없어 하는 표정과 함께 첼시의 마지막 남
은 퍼즐 한 조각이 그렇게 맞추어졌다.

＊

대낮부터 최고급 사우나에 들어선 두 명의 건장한 남자
가 있었다. 짧은 머리카락에 딱 벌어진 어깨, 매서운 눈빛
이 만만치 않아 보였는데 바로 상의를 탈의하자 거대한 용

문신이 박힌 근육질로 가득한 등판이 드러났다.

이제는 OB파의 보스에 오른 진동운은 부하의 보고를 들으며 잔뜩 찡그린 표정이었다.

"그러니까? 대전 유성파가 확실하다는거야?"

"네. 대전하고 천안 지역을 거의 석권한 놈들이라 만만치 않아 보입니다. 유사시에 동원할 수 있는 머릿수도 일이백은 언제든지 넘길 수 있고 특히나 거기 대가리가 물불 안 가리는 스타일이라 우리가 개입하게 되면 서로 피를 볼 확률이 높습니다."

"생각보다 골 아프다는 건가?"

"지지는 않겠지만 설령 이겨도 상당한 출혈은 감수를 해야 하지 않을까요?"

"네 생각은 어때?"

부하는 약간 갈등의 빛을 엿보이더니 대답했다.

"웬만한 곳이 아니면 거절하는 게 낫지 않을까요?"

"근데 그게 웬만한 곳이 아니라는 게 문제야."

"……."

진동운은 간단하게 샤워를 하고는 바로 뜨거운 물에 들어가 양반 자세로 목까지 물을 닿게 했다.

"하긴. 그 쪽도 병신이 아닌 다음에야 물러나기가 쉽지는 않겠지. 그렇다고 다른 사람도 아니고 모처럼만에 정회장 부탁인데 골 때리는군."

100조를 향해서

NEO MODERN FANTASY & ADVENTURE

Part 18-3. 가진 자의 그릇

Part 18-3. 가진 자의 그릇

어제 오랜만에 정현수로부터 전화를 받은 진동운은 몇 가지 안부 인사와 함께 부탁 하나를 받게 된다.

그 부탁이라는 것이 사실 어떤 양아치 무리가 자기 친구 가게를 뺏으려고 협박을 일삼고 있으니 해결해달라는 것이었다.

기실 이 정도 일은 서울 강남 일대 상당수를 통합한 OB파의 진동운에게 있어 크게 어려울 일이 아니었다.

그렇잖아도 정현수에게 적지 않게 도움을 받는 중이다.

편의점이나 빵집과 같은 프랜차이즈 가맹시 중간에서 마진만 챙기는 밴더 역할로 적지 않은 수입을 올렸고, 최근에는 AMC건설의 비약적인 성장과 함께 꽤 많은 떡고물이 떨어지는 형편이었다.

이런 적지 않은 지원으로 진동운은 부하를 끊임없이 늘리며 세력을 확장시켰다.

그리고 비로소 작년에야 눈에 가시 같았던 OB파의 고문급인 늙은이들을 안방으로 강제 은퇴를 시키고야 만다.

이 세계도 시대가 변하면서 철저하게 금전에 따라 이합집산으로 움직이는 추세에 들어섰다.

그가 우려하는 것은 당연했다. 대전 유성파도 지방에서는 한 끗발 한다는 전국구 조직 중 하나였기 때문이다.

물론 진짜로 피의 쟁투를 하게 되면 OB파의 막강한 세력으로 볼 때 유성파는 지워질 것은 뻔했다.

그러나 이 경우 OB파도 적지 않은 손실을 입는 것은 피해가기 어려운 명제가 아닐 수 없다.

그래서 신중해진 것이다.

칼로 상대의 배를 쑤시고 쇠파이프로 대가리를 까기 위해서는 그 반대 급부로 자신의 목숨도 내놓아야 한다는 것은 불문율이다.

세상에 공짜 사과는 없는 법!

조폭은 지킬 것이 존재한다.

그래서 날카롭게 어금니를 보이며 짖어야 할 때 늘 그 목표물은 약자가 될 수밖에 없다. 만약 유성파처럼 한 입에 삼키기 어려운 덩치가 큰 놈이라면 진동운도 팔 하나는 내놓을 각오를 해야 했다.

쉽지 않은 선택이리라.

사우나실에서 수건으로 흐르는 땀을 닦던 부하 놈이 걱정 어린 시선으로 바라 보았다.

"형님. 그만 두시죠? 지금은 수성해야 할 시기입니다. 강남이 번화할수록 우리는 이 땅만 잡고 있어도 평생 먹고 사는 데 지장이 없습니다. 굳이 이럴 이유까지야."

"그래. 네 생각은 지키자고?"

"네. 괜히 의리 따지다가 호시탐탐 우리 구역을 노리는 다른 조직에게 물어뜯길 수도 있습니다. 검찰도 계속 주시를 하는 상황이고."

"잠깐 생각 좀 해보고."

그는 팔짱을 낀 채 눈을 감았다.

동생들이 조사한 자료에 따르면 그 배후의 성동수라는 인물은 결코 호락한 존재가 아니라고 했다.

명동 사채 시장에서 산전수전 다 겪은 성동수는 온갖 추악한 불법을 자행하면서 부를 쌓아 올린 이른바 부동산 재벌이었다.

그는 유성파와 끈이 있었고, 더 무서운 점은 정계에 인맥이 풍부하다는 점이었다.

조폭에게 검찰은 사신이나 마찬가지다. 검찰에 잘못 밉보이면 지금까지 공을 들인 이 조직은 한순간에 모래 탑처럼 허공에서 분해될 수도 있었다.

그럼에도 그는 긴 장고를 해야 했다.

그렇다고 정현수의 청을 거절하기에는 정현수의 능력이
부담이 된다.

결국 그는 몇 가지 핑계를 대면서 천천히 움직이기로 했
다. 일종의 처세술이다. 또한 여러 가지 대외적인 환경이
안 좋은 탓도 있었다.

✳

"오빠! 들어와."

아영은 문을 열어주면서 호들갑스럽게 굴었다. 논현동
뒷골목의 한적한 곳에 자리 잡은 저택은 담쟁이 넝쿨이 무
성했고, 고풍스런 느낌을 드러냈다.

현수는 그다지 오고 싶지 않았으나 아영의 성화로 여기
까지 발걸음을 옮기며 인사를 했다.

"안녕하세요."

낡은 철문을 열고 들어가자 아영의 부모님으로 보이는
이들이 환하게 그를 맞이했다.

"그래. 어서 들어오게."

"어서 와요. 보기보다 더 젊네요."

"그럼. 실례하겠습니다."

저택 안에는 현수의 등장을 기다리는 인물들이 생각 외로 많았다.

십 여개의 시선이 일시에 그를 향해 시위를 당긴 화살처럼 몰리자 어색함은 더해질 뿐이다.

아영은 배시시 웃으면서 소파에 앉아 있던 가족을 차례대로 소개시켜 주었다.

"이쪽은 친할머니, 여기는 부모님, 작은 고모, 내 동생 희영이….."

"안녕하세요. 정현수라 합니다."

"그래. 좀 당황했지? 원래 우리 가풍이 이러니 이해를 하게. 웬만한 모임이 있어도 함께 모이는 게 일이라네."

"아무튼 편히 내 집이라 생각하고 앉아요."

"네. 그럼. 실례하겠습니다."

현수는 거실의 소파에 앉더니 손깍지를 다리 사이에 모으고는 만면에 미소를 짓고 있었다. 그 때 아영의 어머니로 보이는 분이 직접 쟁반에 과일과 스낵을 담아 가져와 놓으며 말했다.

"집이 좀 누추하죠?"

"아닙니다. 저는 이런 아늑한 분위기를 좋아합니다."

"원래 우리 바깥양반이 검소한데다 가풍 자체가 그래요."

"별 말씀을요."

몇 번 뜸을 들이던 아영의 아버님은 옆에 있던 조간 신문을 치우면서 나지막한 어조로 물었다.

"그래. 듣기로는 사업을 한다고?"

"네."

"그럼 많이 바쁠텐데… 요즘 한국 경기가 엉망이라서 만만치 않을거야."

"노력하는 중입니다."

현수는 그저 형식적으로 적당히 대답을 했다.

그 때 아직 고등학생으로 보이는 아영의 여동생이 짓궂게 장난식으로 현수에게 질문을 던졌다.

"근데 오빠는 언니랑 키스는 언제 해봤어요? 어때요? 좋았어요?"

"이 계집애가 어디서 예의 없이 뭐하는 짓이야!"

갑자기 뜬금없는 질문에 당황한 아영의 어머니는 빠르게 대꾸를 하면서 화를 냈다.

아영의 아버지는 그를 부엌에 준비된 식탁으로 안내했다.

"암튼 식사 준비가 다 되었으니 식사나 하지."

"네. 그럼 실례하겠습니다."

"됐네. 그냥 편하게 먹도록 하세."

보글보글 끓는 된장국에 생선구이, 계란찜, 감자 볶음, 오징어 볶음 따위의 다양하지만 소박한 정찬이었다. 거대한 테이블 한 가득 접시로 가득 채워진 곳에서는 맛깔나는 냄새가 후각을 강하게 자극했다.

"자. 많이 들게나. 그래? 우리 집에 대해서 아영이가 이야기한 적 있었나?"

"…특별히 아영이가 언급한 적은 없었습니다."

"그래? 부모님은 어떻게? 건강하시고?"

이 때 아영은 식사를 하다가 멈추고는 불만 가득한 눈빛으로 아버지를 째려 보았다.

"아빠? 왜 쓸데없는 걸 묻고 그래?"

허나 그는 아랑곳하지 않고 재차 계속 말했다.

"이런 말은 하면 좀 그럴지 몰라도 박수를 치기 위해서는 손뼉이 서로 마주쳐야 나는 법이라는 말이 있지. 그러기 위해서는 서로에 대해 어느 정도 알고 접근하는 것이 꼭 나쁘다고 생각이 안 드네."

"저도 동감입니다."

"그런가? 듣기로는 AMC그룹의 오너라고 하던데 맞나?"

"네. 지금은 전문 경영인에게 물려주고 미국에서 유학 중입니다."

"우리 집안은 대대로 공직자 집안이었네. 현재 아영이 할아버지는 고려 대학교 전임 총장이셨고 지금은 몸이 편찮으셔서 누워 계시네. 여기 큰 형님은 예전에 국회의원을 역임하고 이제는 은퇴를 하셨지. 그리고 둘째 형님은 현재 대학 교수로 재직 중이네."

현수는 다소 놀란 표정으로 멀뚱하게 대답했다.

"아? 그러시군요."

"그리고 나는 현직 법무부 차관이라네. 물론 언제 잘릴지 모르지만."

"높은 직위에 계시네요."

"왜? 너무 직설적이라 별로인가?"

"그건 아닙니다."

"보통 나와 마주치면 두 가지 반응을 보이지. 상당한 공경을 보이거나 그도 아니면 담담한 척 하는 것이지. 근데 자네는 담담한 척 하는 건가? 하하. 그래도 뭐 어쩌겠나. 이게 현실인데. 어때? 술? 한 잔 할텐가?"

직위가 주는 느낌은 인간을 잘 포장해 준다. 그도 만약 법무부 차관이라는 소개를 듣지 않았다면 지금 아영의 아버지 행동은 아무리 잘 봐줘도 허황된 모습으로만 비춰졌을 것이다.

허나 지금 그는 강력한 카리스마로 호방한 성격을 가진 것처럼 느껴질 뿐이었다.

아영의 아버님은 온화하게 웃으면서 소주 한 잔을 건네더니 따라 주었다. 현수는 차분하게 잔을 받았다.

"그러죠."

"그래. 사내라면 술도 잘 마셔야지. 주량은 어때? 잘 마셔?"

"소주 2병까지는 괜찮습니다."

"흠, 나랑 비슷하군. 아무튼 어디까지 말했더라? 내 스스로 이렇게 하는 게 얼굴에 금칠하는 것인지 몰라도 지금까지 세상을 살면서 느낀 점이 하나 있어."

"뭐죠?"

"그래봤자 펜대를 쥔 보잘 것 없는 쥐새끼라는 거지."

"그게 무슨 뜻인지?"

"결국 살다 보니 돈 앞에는 아무 것도 아니라는 뜻이라는거야. 왜? 너무 속물적으로 이야기하니 반감이 생기나? 에구, 이거 미안한데? 초면에 아영이가 좋아하는 남자 앞에서 이런 소리나 하고. 하하."

"반감보다는 성격이 솔직하신 것 같네요."

현수는 기묘한 표정을 짓더니 서슴없이 자신의 생각을 피력했다. 아영의 아버지는 유심히 현수를 보더니 또렷한 어조로 말했다.

"자네가 세 번째네."

"……."

"아빠! 취했어? 진짜!"

"취하기는! 허허, 어른이 말씀하시는 데 넌 끼어 들지마."

아영은 눈을 토끼처럼 뜬 채로 아버지를 향해 반발했다. 하지만 아영의 아버지는 껄껄 웃으면서 다시 술잔을 들이키더니 입을 뗐다.

"고등학교 때 어떤 폭주족 양아치를 아영이가 좋다고 서로 사귄 적이 있었지. 그 때 아영이가 처음으로 내게 반항을 하면서 그 놈 없으면 못 살 것처럼 울고불고 깽판을 치더군. 처음에는 화도 났지만 그냥 놔뒀었지. 뭐 그 이면에는 드라마에서처럼 유치한 악역이 되고 싶지 않다는 생각도 한 몫 했었지. 결론은 어떻게 된 줄 아나?"

"가출이라도 했나요?"

"잘 아는군. 몇 번 했지. 담배도 몇 번 피워 보고 말이야. 그게 우리 딸이네."

"지금은 안 피우던데요?"

"흐흐. 그런가? 자! 한 잔 더 하게!"

"그런데 아영이 표정이 심상치 않은데 괜찮겠습니까?"

아영의 아버님은 그가 오기 전에 술을 한 잔 했는지 어느덧 얼굴이 벌겋게 변해 있었다. 그는 장난스럽게 미소를 드러내며 툴툴거릴 뿐이다.

"지까짓게 성내 봤자지. 그래서 그 때까지 순진했던 내 딸이 안 좋은 행동을 많이 배웠어. 아무튼 뒷끝이 안 좋았네. 어린 시절 아무 것도 모르던 꼬맹이 여자 아이의 첫사랑이었지."

"아영이가 그런 일이 있었군요."

"그게 끝은 아니었네. 두 번째 남자는 대학교 동기였어. 둘은 입학하자마자 눈이 맞아서 커플처럼 사귀었고 아영이가 자네를 만나기 전에 그 놈을 집에 데려와 인사를 시켰었지. 성격이 내성적이고 공부만 아는 타입이었어. 그런데 결정적으로 집안이 너무 가난하더군. 그래서 고민 끝에 못 만나게 했지."

"너무 천편일률적 아닌가요?"

현수의 애매모호한 표정에 아영의 아버지는 멸치 몇 점을 집어 먹으면서 껄껄댔다.

"만약 그 놈이 당당했다면 나는 어쩌면 사귀는 것을 허락했을지 몰라. 내가 그런 건 놈이 너무 소극적이어서 그랬어. 단순히 그것 때문만은 아니었어."

"양가 집안의 차이에서 오는 갈등 때문인가요?"

"그래. 이것은 선악의 문제와는 상관이 없다네. 그가 가난하다는 것 때문에 반대를 한 것보다는 그가 가난하기 때문에 결국 아영이가 불행해질 가능성이 높다는 생각 때문이지. 이게 무슨 뜻인지 알겠어?"

"그래도 상대방 남자 입장에서는 화가 나지 않을까요?"

"결혼은 감정만 가지고 되는 게 아니네. 자네는? 그 쪽 집안에서 콤플렉스를 느낄 것이고 이 콤플렉스가 곪아 터지면 서로에게 힘들어질 거라는 말의 의미를 이해할 수 있겠나?"

"글쎄요. 논리로는 이해를 해도 감정적으로는 받아들이기 힘들 것 같군요."

주아영의 아버지 주진호는 꽤 흡족한 모습이었다. 어느 부모나 그렇지만 자신의 딸은 혈연이기 때문에 소중하다.

그런데 아영으로부터 남자의 정체를 알게 되자 곤혹스러워졌다. 예전에는 자신보다 너무 딸리는 놈을 애인이라고 해서 머리가 아팠는데 지금은 너무 과해서 문제였던 것이다.

재벌 2세도 아니고 최근 대한민국을 떠들썩하게 만든 재벌 그룹의 창업주라니 어찌 놀라지 않을까?

그 때문에 아예 직설적으로 과거를 끄집어내고, 상대의 반응을 지켜본 것이었다.

그리고 그 결과는 걱정했던 우려는 상당부분 사라졌다.

결국 주진호는 큰 목청으로 짧게 중얼거렸다.

"똑똑하군. 의외야. 의외."

"그런데 아버님?"

"응? 말하게."

"죄송하지만? 이 자리가 선을 보는 자리인가요? 저는 그렇게 생각하지 않고 그냥 왔습니다. 아직 아영이와 저는 죽고 못 사는 그런 사이는 아니니 나중에 다시 테스트를 하는 것은 어떨까요?"

"끙, 세련된 반격이군."

"그건 아닙니다."

"좋아. 좋아."

주진호는 재차 소주잔을 대면서 말꼬리를 흐렸다. 현수는 이런 그의 행동을 이해한다는 듯 넉넉한 웃음만 보일 따름이다.

✳

현수는 아영보다 이틀 먼저 빠르게 미국으로 돌아갔다.

그가 일정을 앞당긴 이유는 이번에 S.FC. Stone. Film의 영화 라인업 문제 때문이었다.

감독, 배우, 영화 전반에 관한 것들과 제작비 집행 등 오너로서 처리해야 할 것이 산더미처럼 밀렸기 때문이다.

한국에서 출발 전, 찬형의 상황을 알게 된 현수는 그 동안 긴밀하게 관계를 맺어 온 OB파 진동운에게 전화로 부탁을 했다.

그 후, 곧 바로 L.A로 넘어가 바로 메멘토의 신임 감독인 크리스토퍼 놀란과 만나게 된다.

갑작스럽게 S.FC. Stone. Film에 채용된 크리스토퍼 놀란은 다소 감개무량한 표정으로 현수를 보면서 감사의 인사부터 했다.

"이렇게 저를 전적으로 믿어주시니 영광입니다."

"굳이 그렇게 부담스러워할 필요 없어요. 우리가 원하는 것은 이미 나와 있는 메멘토의 시나리오에 걸맞게 영화를 잘 만들어 주면 그것으로 만족입니다."

"그 동안 대본을 수없이 검토했는데 확실히 빈틈이 없고 구조 자체가 매끈한 작품이더군요."

"저희 회사의 야심작이자 1번 타자이니 그럴 수밖에요."

"…근데 이 시나리오를 직접 쓰신 것이 사실입니까?"

"글쎄요. 그건 말씀드리기 곤란하군요."

현수는 미약하게 인상을 찡그렸다.

회귀 진에 메멘토가 원래 당신의 작품이었다고 하면 미친 놈 취급 받을 게 뻔했기 때문이다. 원래대로라면 크리스토퍼 놀란은 메멘토를 시작으로 감독으로서 명성을 날리며 유명해지게 된다.

하지만 미래를 알고 있는 그가 비록 고의는 아니라 해도 그의 찬란한 미래를 가로 막았으니 제작사 실무진의 만류에도 불구하고 그를 픽업한 것은 최소한의 도리이기도 했다.

이런 현수의 마음을 아는 지 모르는 지 크리스토퍼 놀란은 큰 덩치와는 달리 이제 막 초등학교에 입학한 짓궂은 꼬맹이처럼 연신 작품을 재해석하고 있었다.

"…다만 마지막 결말에서 반전이 놀랍기는 해도 눈썰미 좋은 관객이면 짐작할 것 같은데, 차라리 극중에 복선으로 깔아 놓은 힌트가 삽입된 장면을 대폭 축소시키는 게 어떨까요?"

"그것도 좋은 생각이군요. 굳이 인위적으로 관객에게 무언가를 보여주려고 하는 것도 부작용이 있을 수 있으니까요."

"그리고 주연 배우는 되도록 좀 신경질적인 인상에 내면 연기가 뛰어난 인물로 뽑았으면 좋겠습니다."

현수는 부드럽게 웃으면서 고개를 끄덕였다.

"뜻대로 하시면 됩니다. 아마 뮤지컬이나 연극 쪽에 연기력 좋은 배우를 오디션 보는 것도 괜찮지 않을까요? 영화에 대한 전권은 당신에게 있으니 예산을 초과하지 않는 이상에는 마음껏 상상의 자유를 펼치세요."

"고맙습니다."

"여기 S.FC. Stone의 임원도 있지만, 앞으로 제작진의 그 어떤 사람도 당신에게 이런 저런 이유를 대면서 압력을 넣거나 비난을 하지 않을 겁니다. 그것은 제가 보장을 해드리죠."

"솔직히 너무 의외라서."

"왜죠?"

"이만한 자금이 투여되는 데 간섭을 하지 않다니?"

"이거야 원. 좀 난감하네요."

"아무튼 그 믿음에 배신하지 않도록 노력하겠습니다."

"잘 부탁드립니다."

이제는 어느 정도 면역이 되어서 무감각할 때도 되었지

만, 역시 TV에서나 보았던 크리스토퍼 놀란과 대화를 하자 가슴이 살짝 뛰는 흥분을 감출 길이 없었다.

이제 크리스토퍼 놀란은 자신의 영화를 만들 것이다.

정성스럽게 필름을 찍고, 상상을 현실로 구현한다.

그는 천재였다. 필름 한 컷에 세계의 신비를 담는 재주꾼이다.

그 외에 아직 감독과 주연 배우가 확정되지 않은 데스노트와 디스트릭 9에 대해 한차례 브리핑이 있었다.

이 때 최대한 리스크를 회피하기 위해서 S.FC. Stone. Film의 실무진은 유명 스타를 섭외하기를 원했으나 정작 오너인 현수의 입장은 달랐다. 그는 연기력이 좋은 중견 남녀 배우들을 주연으로 캐스팅해서 영화의 깊이를 더해달라고 부탁했다.

데스 노트는 만화치고는 스토리가 깊었다. 관점에 따라 다양한 느낌을 가졌다. 여러가지 복선과 제약, 설정부터 배경 무대까지 일일이 따져 봐야 했다. 물론 장소는 일본이 아닌, 미국으로 변경시켰다.

District9은 실력 있는 CG업체를 찾는 것이 관건이었다. 그 안에 정치적인 메시지를 얼마나 자연스럽게 담아서 관객에게 전달시킬지도 포인트 중 하나였다.

그렇게 세부적인 지시를 내린 후, 현수는 다시 프랑스로 소혜련을 만나기 위해 출발했다.

100조를 향해서

NEO MODERN FANTASY & ADVENTURE

Part 18-4. 가진 자의 그릇

Part 18-4. 가진 자의 그릇

"조세 무리뉴를 영입했다고?"

"네."

"어때? 영입하느라 힘들었어?"

"회장님. 말도 마세요. 아마추어 축구 감독직조차 역임한 적 없는 사람이 계약할 때 무슨 조건을 그렇게 까다롭게 구는지…. 아예 학을 뗐어요."

소혜련은 파리 공항에서 나오는 현수를 만나자 능글맞게 하소연부터 하고 있었다.

물론 소혜련이 한국에서 여전히 근무를 했다면 지금처럼 뻔뻔하게 정현수와 얼굴을 맞대고 이야기하는 것은 어려웠을지도 모른다.

그만큼 그녀와 현수 사이에는 상당한 직급의 차이가 존재했던 탓이다. 그러니 다른 여타 임원들처럼 그녀도 정중하게 그룹의 오너를 맞이하는 것이 정상일 것이다.

그러나 그녀는 불행히도 나르시즘이 강했고, 쾌활한 성격을 가졌다.

성질도 급한데다 무엇보다 아시아권의 가부장적인 유교 문화에 익숙하지 않았다.

공항 비꺝에 대기하고 있던 벤츠에 올라 탄 현수는 차창 밖의 풍경을 보면서 재차 말했다.

"원래 그 사람은 그런 스타일이야. 꽤 까다로울지도 몰라. 그래도 잘 맞춰주라고. 우리한테 복덩이가 될 테니."

"그래도 자기 주제도 모르고 너무 까불더라구요."

"흐흐. 무리뉴가?"

"네."

"무리뉴한테 까분다는 사람은 소혜련씨밖에 없을걸?"

"아직은 초보 감독이잖아요. 무리뉴가 첼시 감독에 임명하자 스카이스포츠부터 BBC까지 언론 모두가 우리를 공격하는 데 미치겠어요."

"걱정 하지마. 언론이 아무리 까도 당신 자리는 내가 책임지고 보장해 줄테니."

그러면서도 현수는 그 순간 배꼽이 터질 것 같은 웃음을 억지로 참아야 했다.

조세 무리뉴가 누구인가? 훗날 누구나 세계 최고의 축구 감독이라고 인정하는 남자 아닌가. 그는 유럽 축구계의 한 획을 그었던 전설이기도 했다.

오죽하면 '스페셜 원'이라는 칭호가 붙었을까.

그런 그를 보고 주제를 모르다니? 당연히 어이가 없을 수밖에 없다. 하지만 현재의 조세 무리뉴는 한낱 야인에 불과했으니 이 편협한 여자에게 합리적으로 설명할 방법이 없었다.

그 때 기사의 옆에 앉아 있던 조수석의 줄리아가 끼어들었다.

"AMC그룹 프랑스 법인으로 모실까요?"

"아니. 예정대로 드보레로 가자고. 어차피 이번에 온 이유는 AMC와는 상관이 없는 일이야."

소혜련이 궁금한 듯 질문했다.

"그래서 프랑스 법인에 연락을 안 한건가요?"

"그래. 당신들도 생각해봐. 윗사람이야 쉽게 말하지만 실제 밑에서 일하는 직원들은 고위 직원이 한국에서 떴다 하면 청소부터 별의 별 것을 다 한다고. 그게 얼마나 스트레스인줄 모르지?"

"확실히 그렇기는 하네요."

"예전에 겪어봐서 알지. 정말 못할 짓이야. 내가 중국에 근무할 때 윗대가리놈들 툭하면 골프 치러 청도에 온다고 연락 오면 그 때부터 비상 걸리는데… 입에서 아예 쌍욕이 나온다니까."

"혹시? 중국에서 일한 적 있어요?"

현수는 자신의 실수를 깨닫더니 흐릿하게 말꼬리를 흐렸다.

"아. 그냥 그런 적 있어. 아무튼 드보레 쪽과 협상은 문제없는 것 맞아?"

"네. 어차피 경영 악화로 문을 닫아야 하는 곳이라 저희가 제시한 3백 7십만 달러에 화장품 브랜드와 공장 설비를 일괄 매각하기로 했습니다."

"잘했어. 나중에 뉴욕에서 법적 절차 진행할 수 있는 관련 직원 보낼테니 그렇게 진행하도록 해. 오늘은 그냥 공장 시설만 둘러 볼 거고, 별 일 없을 거야."

줄리아는 옆에서 그 둘의 대화를 경청하다가 눈치를 봐서 끼어들었다.

"그런데 회장님?"

"왜?"

"적자투성이 화장품 회사를 인수해서 뭘 하시려고 그러죠?"

줄리아는 눈앞의 이 젊은 동양인이 대단한 부호에 첼시 구단의 전권을 소유한 오너임을 확실히 알고 있었다.

그래서 되도록이면 그의 앞에서 현명하고 영리하게 행

동하기를 원했다.

예전에 현수가 지시한 것은 두 가지였다. 프랑스 아니면 이태리 회사 중 화장품이나 향수 회사로 M&A 매각 물건 있으면 금액에 구애 받지 말고 바로 매입하라는 것이었다.

거기까지는 이해가 된다.

하지만 그들이 인수하려는 프랑스의 화장품 회사 드보레는 정말 별 것 없는 중소 기업이었다.

그런데 고작 몇 백만 달러짜리 M&A 때문에 이 거물이 직접 유럽까지 날아오다니?

누구라도 예상치 못한 일이리라. 그 회사에 그녀가 알지 못하는 무언가가 있는 것일까?

모를 일이다.

문득 호기심이 생긴 것이다.

현수는 줄리아의 반문에 의미심장한 말을 꺼냈다.

"이봐. 어렵게 생각하지 말라고. 그냥 루이뷔통처럼 명품 브랜드 하나 만들까 생각 중이야."

"루이뷔통이요?"

"그래. 루이뷔통. 아마 고급 브랜드 이미지로 따지면 벤츠보다 더 좋을 걸? 아닌가?"

"그렇기는 하죠. 그런데 굳이 유럽에서 찾을 필요가 있나요? 한국에서 바로 생산하면 되지 않아요?"

"국가 이미지 때문이야."

"네?"

"나라고 좋아서 그런 줄 알아? 한국 화장품 회사도 좋은 데 많은데."

"그래서 프랑스나 이태리 기업을 찾으라 한 것이군요.

"그래. 어느 정도 브랜드 포지션을 세계적으로 올린 후에 한국 브랜드로 바꿀 예정이야. 렉서스가 미국 시장에서 처음에는 비밀주의를 지키다 브랜드가 일정 궤도에 오른 후, 일본의 도요타 브랜드라고 국적을 밝힌 것처럼…."

소혜련은 이 엉뚱하고 기발한 아이디어에 눈을 동그랗게 뜬 채로 질문했다.

"그게 설마 가능할까요?"

"가능하도록 해야지. 요즘은 돈만 좀 더 있으면 한국만 보면 애국 코스프레라도 하고 싶다는 생각이 많이 들어."

"애국 코스프레라니? 그게 무슨 뜻이에요?"

"아? 그런 게 있어. 지금은 몰라도 돼."

"회장님!"

현수는 혼자서 웃음을 참지 못하고 킥킥거렸다.

한국 인터넷에서 한창 애국 열풍이 불던 시절 일본 제품 배척하고 한국의 국격을 드높이자면서 외치던 철없던 그때가 문득 기억났던 탓이다.

그러면 다른 반대 진영에서는 '너는 일본 만화 안 보고 캐논 카메라도 안사냐'면서 가혹하게 상대를 깐다.

이른바 지나친 애국심을 경계하자는 논리였고, 그 역시 동의하고 그들의 의견을 일정부분 존중했다.

하지만? 알 수 없는 푸념이 터져 나왔다.

이유야 어쨌든 그 때는 돈이 없어서 그 모든 것이 탁상 공론에 불과했지만, 지금은 그가 조금만 더 노력하면 현실을 변화시킬 능력이 되었기 때문일까?

정말 돈만 많으면 루이뷔통이든, 샤넬이든 박살내지 못할 이유가 또 어디 있을까?

상상의 나래를 펼친다.

미국에 영화 체인점을 연다. 그리고 따로 돈 안 받고 한국 영화관만 따로 상영한다.

유럽에 한국 음식 체인점을 오픈한다.

멋진 인테리어와 황홀한 시설로 한국에 대한 이미지를 바꾼다.

어린 아이의 유치한 꿈일까. 아니, 그냥 돈 많은 벼락부자의 몽상이라 해두자. 그런데 또 못할 것은 뭐가 있을까. 정말로 돈만 많다면.

＊

스탠포드 대학교.

미국 캘리포니아주의 스탠포드에 위치한 유수의 명문

대학교로서 하버드 대학교 다음으로 손꼽히는 곳이다.

캘리포니아주의 실리콘밸리 북쪽, 샌프란시스코에서 보면 남쪽이 더 가깝고, 메모리얼교회, 스탠퍼드영묘, 후버탑 같은 상징적 건물이 즐비해서 관광 코스로도 꽤 알려져 있다.

이 스탠포드에 현수는 경영학과, 아영은 사회학과로 나란히 입학하는 행운을 누리게 된다.

이영은 학교에 입학하자마자 바로 현수와 동거를 하자고 졸랐지만, 캠퍼스 생활의 참맛을 느끼기를 원했던 현수가 거부를 했다. 좀 더 정확하게는 너무 적극적으로 대시를 하는 아영에게 약간 놀란 면도 있었다. 드보레는 S.FC. Stone. Film에 이어 S.FC. Stone. Investment에 소속된 두 번째 자회사가 되었다.

기껏해야 백 여명 남짓한 직원의 작은 기업인데다 전 직원의 고용 승계라는 달콤한 조건은 큰 문제없이 인수를 완료할 수 있었다.

물론 세계적인 명품 브랜드로 키울 예정이던 현수는 마무리와 함께 헤드 헌팅 업체를 통해서 구두, 핸드백, 향수 쪽의 해외 전문가를 드보레 소속으로 신속하게 영입했다.

회사 명칭은 원래는 현수의 'Su'를 사용했지만 외국인이 부를 때 느낌이 이상하다는 의견을 받아들여서 고육지책으로 결국 'S.FC'로 통일시키게 된다.

'여기인가?'

현수는 눈을 멀뚱히 뜬 채로 주위를 살펴보는 중이다.

그가 찾아간 곳은 스탠포드 대학원의 어느 한 건물이었다. 한적한 유럽식 건축물에는 담쟁이넝쿨이 고풍스럽게 녹아 있었고 선선한 가을의 날씨 때문인지 눈부신 햇살이 더할 나위 없이 평화로워 보일 뿐이다.

현수는 건물 앞의 벤치에 앉더니 고민에 빠졌다.

여기까지는 쉽게 찾아왔지만 그 다음부터는 맨땅에 헤딩하기 식이 될 것 같았기 때문이었다.

결국 그는 지나가는 대학생으로 보이는 백인 남자를 붙잡고 입을 열었다.

"저? 죄송하지만… 여기 전산 관련 학과가 어디 있는지 알 수 있을까요?"

"전산 관련 학과요?"

"네. 정확히 명칭은 모르겠는 데 비슷한 곳이라도 부탁드립니다."

"그럼 컴퓨터 과학과 밖에 없을 텐데?"

"거기 같네요."

"아마 저 위로 쭉 올라가서 세 번째 보이는 건물이 컴퓨터 과학과가 맞을거에요."

"네. 감사합니다."

의외로 쉽게 위치를 알게 되자 현수는 지친 기색하나 없이 기쁜 마음으로 산등성이를 타고 올라갔다.

그러면서도 속으로는 과연 그들에게 어떻게 접근해야 그들이 경계심을 안 느끼고 만날 수 있을지 헝클어진 생각을 정리했다.

물론 아마존이나 이베이처럼 아예 대놓고 지분 투자 방식으로 다가가면 굳이 지금처럼 인위적인 쇼는 할 이유가 없었다.

하지만 지금 만나게 될 인물은 회귀 전 그가 유일하게 존경심이 들었던 인물이었다. 거기다 그것을 떠나서 무엇보다 그들이 하는 사업에 처음으로 동참을 하고 싶다는 순수한 욕망이 마음속에 존재했다.

굳이 클린턴에게 청탁을 하면서까지 스탠포드에 입학한 몇 가지 이유 중 하나였던 것이다. 물론 스탠포드라는 멋진 졸업장도 따고 싶었지만.

허나 정작 컴퓨터 과학과의 과사무실에는 그가 들어갈 수가 없었다. 같은 학부도 아니고 안면 있는 이도 없었으며, 또한 여기는 대학원이 아닌가?

현수는 할 수 없이 학과 건물 1층에 놓인 자판기로 향했다.

주머니에서 50센트짜리 동전을 뒤적거리다 투입한 후, 마운틴 듀를 손에 쥐었다.

시큼 달콤한 마운틴 듀의 소다 맛을 느끼며 그렇게 망설이며 주변을 서성거릴 뿐이다.

대학원생으로 보이는 젊은 남녀들은 수업이 끝나면 계단을 오르내리며 웃고 떠들었고 숲이 우거진 전면의 벤치에는 책을 펴놓거나 음악을 듣는 이들도 적지 않았다.

확실히 다양한 인종에 활기가 넘쳤고, 한국처럼 틀에 박혀 있는 경직된 느낌은 존재하지 않았다.

그렇게 1시간이 지났을까?

어느덧 2층까지 올라온 현수는 마땅한 방법이 없어서 할 일 없이 돌아다니다 과 사무실 바로 옆에 보드판에 붙여진 수많은 게시글을 접하게 된다.

− 9월 7일. 노동절에 컴퓨터 과학 축제 있습니다.
참가비 50달러에 학과 사무실에 신청 바랍니다.

− IMB 최신 컴퓨터 800달러에 판매!
펜티엄 60칩에 75MHz / 2FDD
기본 메모리 4M / 540M HDD
64비트 그래픽 카드 / 14,400bps 모뎀!
* 관심 있으신 분 전화하세요!

− 테니스 동호회 모집!
매주 일요일 AM 09:00 − 11:00

스탠포드 문과대학 뒤편 C블록 테니스장
* 초보 환영!

- '마이더스' 스터디 클럽 모집!
매주 화/목 PM 16:00 ~ 18:00
참여 대상 : 학구열에 불타는 젊은 학우들!
······ 중 략 ······

수많은 글 중에 스터디 클럽이라는 게시판에서 현수의
시선은 딱풀처럼 고정된 채 한동안 헤어나지를 못했다.
그리고 시선이 꽂힌 곳은 '마이더스'라는 스터디 클럽
이 아닌, 이 모임을 발기한 이름에 주목하는 중이었다.

- 세르게이 브린 Sergey Brin

이름으로 보면 동유럽 혹은 러시아 혈통으로 짐작될 것
이다. '마이더스' 스터디 클럽의 발기인이기도 했다.
하지만 누군가 훗날 그의 정체를 알았다면 그보다 다른
부분에서 크게 놀랐을 것이다.
세르게이 브린.
21세기의 IT 기업의 황제로 꼽히는 구글 Google 의 창
업자 중 하나가 바로 세르게이 브린이기 때문이었다. '사

악해지지 말자'는 기업의 Moto를 바탕으로 구글 검색 서비스를 시작으로 유튜브를 인수하고 스마트폰의 안드로이드를 만든 초거대 글로벌 기업이다.

하지만 이 때까지도 세르게이 브린은 스탠포드에 재학하면서 여러 기업에 정성들여 이력서를 쓰거나, 과외나 스터디 모임을 개최하던 평범한 청년에 불과했다.

물론 그는 미래를 스스로 설계할 수 있는 능동적인 자세를 가졌고 늘 진취적이었으며 여러 가지 프로젝트를 통해서 창의성이 풍부했다.

현수는 속으로 빙고를 외쳤다.

어떻게 그 둘에게 접근할 것인지가 가장 큰 어려움이었는데 예상 외로 쉽게 해결이 된 탓이다.

그는 '마이더스' 스터디 모임의 장소와 시간을 수첩에 기록한 후, 경쾌한 발걸음으로 걷기 시작했다.

※

래리 페이지, 세르게이 브린.

가슴 두근거리는 이름이었다.

그 둘은 스탠포드 재학시절, '페이지랭크'라는 검색 기술을 개발했는데 웹사이트의 중요도를 그 사이트로 연결되는 Back-Link를 따져 결정하게 한 이 기술로 훗날 구글의 시초를 만들었다.

지금 이 시기에는 별 것 아닌 기술이었지만 그 때만 해도 검색의 정확도나 알고리즘에서 구글의 검색 기술은 대단히 높은 평가를 받았다.

때마침 인터넷 시대가 열렸고, 구글은 가장 큰 수혜를 입게 되는 회사가 된다.

그는 이 둘이 아닌, 훗날 구글의 역사에 정현수라는 이름도 새기기를 원했다.

100조를 향해서

NEO MODERN FANTASY & ADVENTURE

Part 18-5. 가진 자의 그릇

Part 18-5. 가진 자의 그릇

"같은 과는 아니지만 굳이 함께 공부를 하자면 못 할 건
없겠지. 하지만 대충 할 생각이라면 아예 다른 클럽을 찾
아 보는 게 나을거야."

약간 딱딱한 액센트에 고지식해 보이는 말투, 이목구비
가 또렷한 세르게이 브린이 아직 햇병아리인 동양인을 보
면서 던진 첫 마디였다. 그러자 그의 친구인 타일러가 참
견을 하면서 브레이크를 걸었다.

"이봐. 세르게이! 너무 겁주지 말라고. 모처럼만에 들어
온 스터디 친구인데 환영은 못 할망정."

하지만 현수는 부드럽게 미소만 보이고 있었다. 그는
여느 학생들처럼 등의 백팩을 테이블 위에 놓더니 낭랑한 어조로 자신의 소개를 했다.

"괜찮아. 모두들 반가워."

"나 역시! 반갑다. 그런데 이름은?"

"정현수!"

"꽤 특이한 이름이네?"

이 스터디 클럽의 유일한 여자가 호감어린 눈빛으로 말을 건넸다. 약간 가무잡잡한 피부에 동그란 눈과 오똑한 콧날, 늘씬한 몸매는 고지식한 공학도가 즐비한 이 건물에는 그다지 어울리지 않는 느낌으로 다가올 뿐이다.

여기저기서 다가와 인사를 건네기 시작했다.

"그래? 난 키이라 그레타!"

"난 타일러! 여기는 맥카시!"

"반가워. 앞을 잘 부탁해."

"그런데? 넌 어느 나라 출신이야?"

"한국에서 왔어."

"아? 한국? 북쪽? 남쪽?"

갑자기 유성처럼 쏟아지는 시선에 현수는 약간 난감한 표정으로 또릿하게 말했다.

"남쪽이지. 설마 북쪽일까?"

"어이! 무식한 것 티낼래? 북한은 아직 공산주의 국가라서 거기 주민이 미국에 오면 당장 총 맞아서 죽는다고."

그 때 맥카시라는 젊은 친구는 뜨거운 원두 커피를 손수

종이컵에 따르면서 현수에게 건네주었다.

"이거 마셔."

"땡큐!"

"그럼 한국은 아직 전쟁 중인건가?"

"맥카시? 멍청한 소리 좀 작작해. 한국도 이스라엘하고 팔레스타인처럼 서로 총칼만 겨눈 채 긴장 상태만 유지하는 그런 관계 아닌가? 전쟁은 예전에 끝난 걸로 알고 있는데?"

"맞아. 닌자하고 망가도 있고."

"바보 새끼! 그건 일본이고."

"흐흐. 그런가?"

세르게이는 장난스럽게 대화를 나누면서 능숙한 솜씨로 책상의 서랍에서 서류를 하나 꺼내서 현수에게 주었다.

"이건 참가 신청서. 그리고 매월 30달러씩 회비 있으니 여기 내."

"30달러?"

"간식 사 먹고 가끔 밥 먹고 할 때 공동 경비로 빼는거야."

현수는 신청서에 기입을 하면서 주위를 훑어보았다.

학교 과 건물의 쓰지 않는 강의실을 사용하는 마이더스라는 클럽은 리더인 세르게이까지 포함한 5명에 불과한 작은 소규모 모임이다.

두꺼운 뿔테 안경과 여드름으로 얼룩진 외모, 감자칩을 입에 한 가득 털어 넣는 장면이 시야에 들어왔다.

문득 예전 어린 시절의 순수함이 느껴졌다. 뭐라고 해야 할까? 지금까지 살아오면서 느껴야 했던 타인에 대한 경계심이 달콤한 시럽처럼 풀어 헤쳐진 그런 기분이다.

하지만 그런 느낌도 잠시!

그래도 그렇지 'South Korea'가 어디에 붙어 있는지도 모르다니!

한편으론 어이가 없으면서 괜히 살짝 화가 치밀었지만 아무리 봐도 일부러 그를 무시하기 위한 장난이 아님을 알기에 그냥 넘어가야 했다.

마이더스라는 이름과는 다르게 스터디 모임은 특별한 것은 없었다.

이 모범생들은 자신만의 세계에 갇혀서 그 때마다 주제에 맞게 공부를 하는 자유로운 방식을 선택했다. 다수가 컴퓨터 과학과인 관계로 전산쪽 topic이 주류를 이루는 것을 제외하면 활동에 참여를 하는 데 큰 어려움은 없었다.

특히나 이제 겨우 터보 C 나 인터넷 프로토콜 따위를 이야기할 정도라니! 비록 그가 이 방면에 비전문가라 해도 회귀 전에 귀동냥으로 들었던 컴퓨터 관련 지식의 깊이가 절대 만만치 않았기 때문에 꽤 흥미가 생겼다.

"저녁은?"

"글쎄? 아직 안 먹었는데?"

"괜찮다면 식사는 내가 사고 싶은데 어때?"

"네가?"

스터디가 끝난 후, 세르게이는 오늘 들어온 당돌한 신입을 보면서 기가 막히다는 듯이 한숨을 내뱉었다.

아무리 미국 사회가 개방적이고 평등하다 해도 아래위나 선후의 관념은 알게 모르게 존재했던 탓이다.

세르게이는 약간 빈정거리듯 혀를 찼다.

"오? 이제 오늘 갓 들어온 신입이 이러면 내 체면은 어떡하라고?"

"오오. 세르게이? 폼은 그만 잡지 그래? 신입이 돈이 좀 있나 보네. 잘 됐네. 오늘 비싼 데서 먹지 뭐."

"멕시코 요리 어때?"

"좋지. 흐흐."

그 말이 끝나자 체격이 건장한 맥카시가 책과 노트를 정리하면서 세르게이에게 말을 건넸다.

"그나저나 래리도 온다더니 어찌 되었을까?"

"보나마나 뻔할 걸? 정신 멀쩡한 여자라면 래리 좋다는 여자가 누가 있겠냐? 큭큭."

"이 자식들! 형님이 오셨는데! 주둥이로 나불거리기는?"

"래리! 오오, 왔구나. 그래? 어땠어? 여자는?"

"지금 온 것 보니 또 퇴짜네. 흐흐."

래리 페이지는 다소 뚱한 표정으로 나타나더니 낄낄대면서 놀리는 친구들을 향해 입만 삐죽거렸다.

"시끄러! 주근깨도 많고 무엇보다 너무 뚱뚱해서 별로야."

"웃기고 있네!"

약간 구부정한 어깨와 독특한 외모를 가진 래리는 키만 컸을 뿐이지 여자들이 호감을 가질 인상은 절대 아니었다. 이런 저런 쓸데기 없는 이야기를 끝으로 그들은 캠퍼스를 내려가기 시작했다.

그들은 최근 유행을 타고 있는 스탠포드 시내의 멕시칸 레스토랑으로 향했다.

"앞으로는 인터넷 시대가 열릴거야. 그러니 당연히 AOL처럼 전용 통신 에뮬레이터를 사용하는 방식은 결국 실패할 수밖에 없어."

"과연 그럴까?"

"그럼. 인터넷이 정말 대중적으로 보급되면 아마 굉장해질거야."

"아무튼 네 말에는 오류가 있어. 이미 AOL은 수백만명의 가입자를 만들었다고. 또한 인간은 사회적인 동물이야.

AOL의 통신 에뮬레이터에는 이미 대중들의 흥미를 끌만한 서비스가 잔뜩 있는 데 래리? 네 말처럼 그렇게 쉽게 망하지는 않아."

래리 페이지는 텍사스 남부의 전형적인 시골뜨기처럼 생긴 외모와 달리 그의 대화 솜씨는 상당히 매끄러웠고 세련된 느낌을 주었다.

그는 나초에 묻어 있는 할라피뇨를 제거한 후, 샤워 크림을 듬뿍 찍어 입에 털어 넣으면서 눈을 찡그렸다.

"아니! 세르게이! 인터넷이 태평양이라 하면 AOL의 서비스는 수많은 작은 섬 중에 하나일 뿐이야. 이제 인터넷이 시작된지 고작 2-3년밖에 안 되었지. 이 시대는 초기에 선점하는 놈이 이기는 게임과 똑같아."

"이론일 뿐이야. 현실은 언제나 이론보다 어렵다고."

세르게이 브린은 약간 마음에 안 든다는 투로 고개를 내저었다.

그는 천재들이 모인다는 스탠포드에서도 특별한 인물이었다. 6살 때 러시아를 탈출한 세르게이의 부모님은 둘 다 대학교수였고, 그런 탓에 어린 시절부터 적극적으로 묻고 토론을 하는 습관이 몸에 배여 있었다.

래리 페이지의 집안도 마찬가지로 교수 집안이었고 그 때문에 둘은 처음 만날 때부터 지금까지 평범하게 대화가 진행된 적이 많지 않았다.

늘 사소한 주제를 가지고도 의견이 다르면 격렬한 토론으로 발전하기 일쑤였고, 그런 관계로 학부에서는 이 둘을 가르쳐 '톰과 제리'라는 궁상맞은 별명까지 붙여주고는 했다.

"그래서? 웹사이트의 중요도를 어떤 식으로 유저에게 알려주자는거야?"

"가장 좋은 것은 검색봇으로 사이트를 항해하면서 무작위적으로 유저가 입력한 키워드를 검색한 후, 데이터를 모아야지. 그 후 검색 사이트의 신뢰도를 선별하는 작업이 우선이라고 보는 데?"

"말은 쉽지? 어떻게?"

세르게이의 대구에 래리는 두꺼비처럼 눈을 깜박거리면서 설명했다.

"검색봇이 찾아낸 사이트를 백링크시켜서 객관적으로 점수를 매기는 방식은 어때? 예를 들어서 신뢰 가능한 사이트와 링크가 많으면 상대적으로 그 사이트는 믿을 수 있는 사이트라는 논리에 누구나 동의할 거 아냐? 안 그래?"

"좋아. 좋아. 그것도 틀린 말은 아닌데… 그것으로만 부족하지 않을까. 색인으로 분류하는 방식도 넣자고. 각 사이트마다 어떤 단어를 중점으로 썼는지도 알고리즘으로 취합하는 것도 고려하고."

"그것도 괜찮은 방법 같군."

"어떤 쿼리가 주어질 경우 각 문서를 통째로 훑어 나가는 방식은 가장 무식한 방법이고 태그나 키워드만 뽑는 기술을 먼저 구현해 봐야 해. 검색 속도 문제도 있겠지. 물론 어떤 정보를 어떤 형태로 추출할 것인가에 대해서는 몇 가지 방법들이 있지만, 그보다는 단어와 빈도 수 벡터만 알아도 이해하기 쉬울거야. 봐봐. 세르게이!"

"말해."

"이름 그대로, 어떤 문서를 원소 n개짜리 벡터로 바꾸는 것인데, 이때 각 원소의 값은 해당 원소에 대응되는 키워드가 주어진 문서에서 몇 번 나타나는가가 되겠지."

"하지만 서로 다른 질의어 2개가 각기 다른 성격을 가진다 할 때 '거리'의 문제가 발생하지 않을까?"

"가만 보니 그것도 그렇네."

"차라리 쿼리의 위치에서 시작을 해서 분기점에 도달할 때까지 매 턴마다 랜덤하게 임의의 포인트로 이동을 하는 방법은 어때?"

"음, 그것도 나쁘지 않아 보여. 맥카시? 네 생각은?"

래리 페이지는 손뼉을 딱 치면서 작은 메모지에 그래프와 함수를 그려 넣으며 친구들에게 이론을 추가했다.

그러자 맥카시는 진지한 눈빛으로 동의했다.

"좀 더 연구를 해야겠지만 일리는 있는 말인걸? 여기서 핵심은 각 포인트로 이동하게 될 확률로 볼 때 현재 포인트와의 거리에 반비례한 것이 핵심으로 정의하면 이론이 성립할 것 같은데? 아닌가?"

"자! 그만! 신입도 있는데 또 난리야? 지겨운 주둥이 싸움은 그만하고 음식이나 먹자고."

키이라 그레타는 못마땅하다는 말투로 두꺼운 호밀빵을 스프에 찍어먹으며 말을 끊었다.

"안 그래? 신입?"

"괜찮아. 난 이쪽 분야가 아니라 잘은 모르지만 꽤 흥미로운 이야기인 것 같은데?"

"흐흐. 처음에야 그렇지. 저 두 명은 맨날 저딴 쓰잘데기 없는 것 가지고 싸운다니까."

"그래. 이젠 지친다. 지쳐. 저 진상들 때문에!"

"흐흐."

그렇게 스탠포드의 하루는 지나가고 있었다.

비록 거의 알아듣지는 못하는 인터넷 검색 기술에 대한 이론이었지만 이 날만큼은 지루할 생각도 없이 그들의 대화를 지켜보았다.

그들의 이런 열정과 노력, 탐구가 훗날 미래의 세계를 좀 더 진화시킬 수 있었기 때문이었다.

＊

평범한 나날이었다. 필수 과목의 수업을 청취하고 리포트를 준비하며 가끔씩 아영이와 데이트도 했다.

또한 시간이 날 때마다 래리 페이지, 세르게이 브린 등과 별 일이 없어도 어울렸다.

물론 그런 탓에 정작 경영학과에서는 다소 동떨어진 이방인이 될 수밖에 없었지만, 어차피 스탠포드에 들어온 이유는 그들과의 친목 때문은 아니었으니 큰 상관은 없으리라.

그가 이곳에 온 목적은 기업 경영에 대한 갈증과 2% 부족한 영어의 완성, 구글 창업자와의 만남, 스탠포드 타이틀 및 지금까지 AMC그룹을 만드느라 쏟아낸 열정에 대한 회복 때문이었다.

그런 탓에 예전 중국의 시진핑과 같은 권력자에게 접근할 때와는 많이 달랐다.

그들은 더할 나위 없이 고지식했고 순수했다.

현수가 한 일은 단지 그들에게 좀 더 시간을 할애하고 그들을 존중하면서, 그의 재력을 일부분을 보여주는 것으로 곧 그는 그들과 대등한 친구의 하나가 될 수 있었다.

사회적인 교류를 할 때 간과하기 쉬운 부분이 바로 시간이다. 아무리 조건이 훌륭하고 상대에게 줄 것이 많아도 시간이 부족하면 결국 그것은 이해타산이 걸린 관계에 불과해질 뿐이다.

오랜 시간동안 접촉을 하게 되면 자연스럽게 친분이 싹트는 것이 인간이었다.

별 것 아닌 대화에 웃고 평범한 주제를 가지고 친절하게 교감을 한다. 맛있는 음식에 쾌락을 느끼고 학문의 성취에 열정을 지닌다.

그런 몇 가지 방법에 그는 익숙해져 있었고 그렇게 시간은 하염없이 흘러가고 있었다.

엔화는 끊임없이 작은 등락을 거듭했지만, 결과론적으로 계속 오르는 중이었다.

그의 선물 계좌에 잔고는 점점 더 불어날 뿐이었다. 야후와 시스코의 주가는 자고나면 올랐으나 여기서 현수는 더 이상 추가 매집은 하지 않았다. 한번쯤 크게 꺾어질 구간이 올 것이라고 믿었기 때문이다.

그 때 적극적으로 달려들어서 추가 매집을 해도 충분했다. 주식은 강태공이 낚시대를 강물에 걸쳐 놓고 시간을 낚는 것이나 마찬가지다.

실제 저점이라 판단되는 어떤 순간이 올 때 정작 현금이 없어서 멍하니 구경해야 하는 경우는 적지 않게 보았던 현수다.

그에게는 자금이 있고, 경험이 있었다.

지금은 좀 더 기다려야 할 시기였다.

❋

아늑하고 조용한 분위기의 성북동에 위치한 일식집은 조선 시대의 느낌을 되살리면서도 전체적으로 고급스럽게 세팅이 되어 있었다.

하지만 모처럼만에 이런 고풍스런 분위기와 달리 VIP 룸에는 적막감만 흐를 뿐이다.

"다시 한번 말하지만… 제가 다른 사심이 있어서 굳이 이렇게 말하는 것은 아닙니다."

들려오는 목소리의 성량은 그다지 높지 않았지만 절제미가 있었고 전형적인 학자풍의 정갈한 어조였다.

은행연합회장인 이동호의 설명에 청와대 민정 수석 김원삼은 고개를 끄덕이면서 대답했다.

"그럼요. 알지요. 하지만 윗분들은 부정적인 이야기보다는 대체로 긍정적인 이야기를 좋아하십니다."

"하지만 절대 쉽게 생각할 문제가 아니에요."

"그럴테죠."

"일단 은행 연합회장에 취임을 해보니 정부에서 종합금융회사를 너무 많이 설립했어요. 이 작은 나라에 신용금고까지 포함하면 금융회사가 몇 개인줄 아십니까? 무려

38개입니다."

"많기는 많군요."

김원삼은 상대의 끊임없는 문제 제기에 난감한 표정으로 소주를 들이키며 말끝을 흐렸다.

이동호는 쉽게 무시할 수 있는 인물이 아니었다. 비록 자신이 이동호보다 몇 살 더 선배라 해도 이동호는 과거에 내무부 장관을 역임했던 만만치 않은 커리어를 가지고 있었다.

그런 탓에 그는 시선을 줄곧 정면을 응시하며 침착하게 마주해야 했다.

"부실하다는 뜻은 알지만…"

이동호는 연신 소주잔을 들이키며 말했다.

"부실한 정도가 아닙니다. 속을 뜯어보면 장난이 아니에요. 자기 자본 침식된 곳이 부지기수에 고금리로 3개월 짜리 CP를 발행하여 그 수시고가 은행권 예금과 같은 수준입니다. 어디 그 뿐인가요? 그 후폭풍으로 1금융권 은행에서는 어쩔 수 없이 다시 고금리로 예수하여 신탁예금의 70% 이상을 종합금융사 CP인 기업어음을 매입해서 운용 중입니다."

"70% 이상이라니? 생각보다 많네요."

"전체 자금 Flow과정에서 장기신탁자금이 단기 CP자금으로 다시 기업의 장기시설자금으로 연결되어 있는 것은 전반적인 경제상황으로 볼 때 가장 위험한 Pattern입니다. 이 부분은 금융권을 완전히 개편하더라도 그냥 놔두면 나중에 시한폭탄이 될 여지가 큽니다."

"그렇다 해도 YS의 성격은 아시지 않습니까?"

"후후, 알지요. 그 분을 어찌 모를까요?"

100조를 향해서

NEO MODERN FANTASY & ADVENTURE

Part 19-1. Underpromise; overdeliver

　김원삼은 어려운 수학 문제를 마주한 듯 약간 탁한 어조
로 말했다.

　"쉽지 않습니다. 특히나 정치물을 먹은 지 워낙 오래 되
서 이런 경제 문제는 잘 모르는 데 어디 저희 같은 경제 관
료의 이야기를 듣겠습니까? 냉큼 호통부터 치실겁니다."

　"그런가요. 그럼 어쩔 수 없겠죠. 그리고 또 하나 문제
가 있는 데 바로 한보 그룹입니다."

　"한보 그룹이라니?"

　"최근 한보철강에서 운전자금이 부족하다고 명목으로
금융권에 대출이 필요하다고 부탁이 들어왔습니다. 아마
특별한 일이 없으면 조만간에 2000억은 승인이 날 예정입

137

니다."

김원삼도 한보철강 件은 꽤 잘 알고 있었다. 그런 탓에 모호한 표정만 지으면서 경직된 모습을 드러냈다.

그도 그럴 것이 이 대출건에 YS 의 자제인 현철씨가 중간에 끼어든 것으로 파악되고 있었다.

차라리 적당한 정치인이 낫지, 가장 안 좋은 상황이다.

물론 더 자세히는 모른다.

아니 굳이 알고 싶지도 않다. 괜히 고래 싸움에 새우등 터질 일은 없었기 때문이다.

이동호는 복잡한 표정으로 무언가를 생각하더니 재차 입을 열었다.

"만약 2천억 정도로 한보의 재정이 해결이 된다면 국가 경제를 위해서 나쁘지 않다고 봅니다. 하지만 문제는 이번에 2천억 심사 문제로 한보 철강쪽 재무 재표를 우연히 확인했는 데 상상 이상으로 안 좋다는 것이에요."

"한보쪽이 오늘내일 한다고 하더니 정말 그 정도로 심합니까?"

이동호는 침울한 표정으로 칼로 내려치듯이 단호한 어조로 대답했다.

"지금까지 확인된 부채비율만 2천%가 넘었습니다. 한보를 살리려다 잘못하면 은행도 함께 넘어갈 정도이니 저희로서는 오죽하겠습니까?"

"그렇게 심각합니까?"

"네. 그래서 고심 끝에 회장인 정태수씨에게 어제 통보를 했습니다. 이번에 2천억은 지원을 해주지만 추후에 지원은 힘들 것이라고요. 정말 당신이 한보를 살리고 싶다면 당신의 주식에 대한 담보 일체를 하든지 그도 아니면 대출로 출자를 하는 조건이 아니면 어렵다고 전했습니다."

"대출을 출자로 돌리면 감자 효과 때문에 결국 정태수의 지분은 확 줄어들겠네요."

"국가의 혈세가 투입되는 데 이 부분은 절대 물러날 수 없는 조건입니다. 그런데 대체 무슨 배짱인지 몰라도 정태수씨가 거절을 하더군요."

"…음."

"아무튼 한보는 그렇게 진행 중입니다. 그리고 최근 은행장들과 조찬을 해보니 진로, 해태, 쌍용, 기아도 오늘 내일 한다고 합니다."

김원삼은 꽤 놀란 눈치였다. 이동호가 이 정도로 이야기할 정도면 이미 위의 몇 몇 기업은 금융권의 살생부에 올랐다는 뜻이리라. 그는 식욕을 잃었는지 젓가락을 내려 놓으면서 흐릿하게 중얼거렸다.

"휴우, 문제군요. 저런 큰 기업이 도산하면 대한민국의 앞날이 어찌 될지."

"그러니 화제도 미연에 방지하자는 말처럼 욕을 먹어도

미리 대통령 각하께 이런 상황이라고 품의를 부탁드리는 게 아닙니까?"

"하지만 아시지 않습니까?"

"뭘요?"

"그게 YS 자제분이 걸린 것 같아서 좀 애매합니다. 상황이… 아, 물론 확실한 건 아니니 반드시 비밀로 하셔야 합니다."

"그런 건가요? 생각 외로 복잡하군요."

"아마도. 그래서 우리 같은 관료가 제명에 못 사는 것일 테죠. 후후."

1996년 11월의 늦가을이었다.

한국을 대표하는 고위 공직자 둘은 몇 가지 중요한 이야기를 하면서 정확한 결정을 내리지 못하고 있었다.

물론 YS의 자제가 이 사건에 개입했다는 증거는 그 어디에도 없었다.

전형적인 책임 회피일 것이다.

그들은 단지 책상머리 관료의 특성상 좀 더 신중하게 행동하는 것이라며 스스로를 합리화시킬 따름이다.

＊

현수는 바쁜 와중에도 프랑스의 화장품 회사인 드보레

를 여러 번 오고 가면서 가장 먼저 기능성 화장품인 BB크림을 준비 중이었다.

BB크림은 독일 피부과에서 환자 피부 치료 후 자외선과 외부 자극으로부터 피부를 보호하기 위한 용도로 사용되었다.

정식 명칭은 '블레미시 밤 Blemish Balm'으로 잡티를 가려주고 피부톤을 정리해주는 데 뛰어난 효과가 있다. 훗날 BB크림은 『원스톱 화장』이라는 신개념을 도입하면서 인기를 끌게 된다.

BB크림의 사용은 화장 단계를 대폭 간소화시켰고, 일상에 바쁜 커리어 우먼들에게 인기 있는 화장품으로 단번에 각광받게 된다.

이는 BB크림으로 기초 화장과 파운데이션이 한꺼번에 해결이 되는 데다 자외선 차단 및 보습기능도 포함되어 있었기 때문이다.

특히나 BB크림의 기능은 화장을 화려하게 하지 않는 서구 여성들에게 유행을 타면서 한국이 개발한 제품 중 세계적인 히트 상품 중 하나로 우뚝 서게 된다.

아무튼 그런 와중에도 드보레 현지의 화장품 연구원들은 현수의 유유자적한 행보에 다소 불편한 시선으로 삐딱하게 보고 있었다.

그도 그럴 것이 처음의 부푼 기대감과 달리 미국 본사에서는 드보레의 경영 정상화에 관심이 없어 보였기 때문이었다.

드보레는 매각을 결정할 당시만 해도 재정난이 극심했었다. 허나 재정 문제는 매각과 동시에 이루어진 자본 증자로 쉽게 해결이 되었지만, 관건은 역시 매출이었다.

회사는 어떤 면에서 살아 움직이는 생명체와 비슷했다.

드보레는 본사의 무관심 속에 그나마 있던 화장품 대리점들은 급속도로 이탈을 시직했고 대형 유통센터와 같은 매장에서는 여러 가지 이유로 매장 철수를 해야 했다. 어디 그 뿐인가?

광고를 하지 않으니 인지도는 날이 갈수록 떨어졌다. 그러니 제품 자체의 경쟁력은 하수도에 빠진 자동차 바퀴처럼 헛바퀴만 굴리며 악순환만 이어졌다.

거기다 더해서 뒤늦게 미국 뉴욕 본사인 S.FC. Stone의 정체가 투자회사라는 것을 알게 되자 직원들의 걱정은 극에 달하게 된다. 미국 자본의 파렴치함을 너무도 잘 알고 있었기 때문이다. 그들은 드보레의 시설과 자산을 갈기갈기 찢어서 해체를 시킬지도 모른다는 두려움에 휩싸여 있었다.

하지만 현수는 아는지 모르는지 기타 설명조차 없이 그저 연구원들을 닦달해서 최고의 품질로 BB크림을 개발해 내라고 냉정하게 지시만 내릴 뿐이다.

＊

　시간은 유수와 같이 지났고 마지막 절기인 12월에 접어
들었다.

　프랑스의 수은주는 영하 18도를 가르치며 30년만에 가
장 낮은 온도를 보였다. 그런 탓에 거리에는 두꺼운 외투
로 감싼 사람들이 북적거렸고, 심지어 몽마르트르 언덕에는
며칠 째 내린 눈 때문에 얼어붙은 땅에서 썰매를 지치는
치기어린 아이의 모습도 적지 않게 눈에 띈다. 하지만 파
리 북동부쪽의 릴 근처에 위치한 드보레 본사는 현수의 방
문으로 때 늦은 환대가 한창이었다.

　대회의실.

　그 안에는 현수를 중심으로 십여 명이 넘는 중역진이 앉
아 있었다. 지금 그들의 눈앞에는 각기 다른 BB크림세트
3개가 놓여 있었고 최종 품평회를 하는 데 여념이 없었다.

　현수는 유창한 영어로 회의를 이끌어 갔는데 이제는 경
험이 꽤 쌓인 탓에 능수능란한 모습이다.

　"확실히 A타입이 B타입보다 좀 더 입자가 미세하면서
부드럽고 고급스러워 보이는군요. 물론 외부 용역으로 맡
긴 실험 데이터군에서도 A타입을 선호하는 비율이 높은
것으로 나왔습니다. 그럼 A타입 BB크림으로 최종 컨펌을
하겠습니다. …모두들 수고 많았습니다. 아무튼 이번 BB

크림 연구 개발에 참여한 직원들은 보너스 2,000%에 휴가 2주를 쉴 수 있도록 할 테니 지친 몸과 마음을 마음껏 충전하기 바랍니다."

"감사합니다."

짝, 짝, 짝, 짝.

장내에서 우레와 같은 박수가 쏟아지기 시작했다.

속으로는 온갖 불만을 토해내지만, 확실한 보상에 환호성을 터트리는 것은 지구촌 어디나 월급쟁이의 보편적인 생리라 할 수 있으리라.

현수는 장내를 천천히 둘러 보면서 아직 안 끝났다는 듯 재차 입을 열었다.

"…다시 한 번 강조하지만 이번 BB크림을 시작으로 지금까지 드보레 브랜드로 출시된 모든 라인업은 일괄 폐기 예정이니 그리 아세요."

그러자 드보레의 전무급인 티에리 퀸타르트가 주위의 눈치를 보더니 조심스런 표정으로 묻기 시작했다.

"비록 저희 드보레 브랜드가 인지도가 낮은 상표라 해도 지금까지 소비자에게 알려지기까지 적지 않은 자금과 시간을 투입했습니다. 아무리 혁신도 좋지만 다시 원점에서 시작한다는 건 적절하지 않다고 봅니다."

"아직 모르나 보네요? 예전에 여기 드보레를 인수할 때 여러분께 내가 했던 말이 기억이 안 납니까? 그 때 뭐라고 했었죠?"

"그, 그거야."

임원들은 서로의 얼굴을 훑어보면서 어물쩡거렸다.

그들이 어찌 모르겠는가. 드보레 인수 후, 완전히 새로운 고가 브랜드 회사로서 변신하겠다고 전 직원을 강당에 모아놓고 일장 훈시를 하던 새파란 회장의 기억을.

하지만 그 후, BB크림을 연구 개발하라는 지시와 명품 브랜드에 맞게 컨셉을 잡으라는 뜬구름 잡는 이야기 외에는 진척된 것이 하나도 없는 상황이었다.

루이뷔통? 샤넬? 구찌?

유럽을 넘어서 전 세계의 명품 브랜드로 우뚝 선 이 회사의 매출이 얼마인지 순이익이 어느 정도인지 과연 그는 알고 있을까?

명품 브랜드가 어디서 망치로 뚝딱 하면 설마 나온다고 생각하는 것일까?

헛웃음만 나올 뿐이다.

단지 월급쟁이의 경험상 새로운 주인의 눈밖에 나면 잘못하면 시범 케이스로 잘릴지 모른다는 불안감 때문에 자신의 의견을 꿋꿋이 주장하지 못했던 것이다.

그렇다고 거의 한평생을 몸 바쳐온 회사가 옳은 길이 아닌 곳으로 가는 것에 말 한마디 못하고 주눅만 드는 것도 서글픈 비애인지 모르리라.

허나 현수는 이런 반발을 애써 모른 척하면서 차분하게
마이크의 볼륨을 더 높였다.

"여러분들은 무언가 착각하는 것 아닌가요?"

"……."

"저는 매우 바쁜 몸입니다. 고작 중소기업에 불과한 드
보레라는 회사를 내가 직접 인수한 이유가 뭐라고 생각하
는 지 아는 사람 혹시 있습니까?"

"글쎄요?"

"드보레라는 브랜드? 여러분에게는 미안한 말이지만…
프랑스에 길 가는 사람 붙잡고 물어 보세요. 드보레를 아
는 사람이 과연 몇이나 되는지? 프랑스도 그런데 하물며
영국이나 독일에 과연 인지도가 있을까요? 아시아는요?
설마 기술력이 있는 회사라고 생각하는 건 아니겠죠? 화
장품 회사가 사실 거기서 전부 거기라는 건 알잖아요? 안
그런가요? 티에리씨?"

"네. 그게… 인정합니다."

"이게 현실입니다. 물론 명품 브랜드가 하루아침에 뚝
딱 만들어지는 건 아니겠죠. 하지만 브랜드 가치를 일단
올려놓으면 지금처럼 저가품과 경쟁할 이유도 없고 경쟁
업체보다 가격을 더 높게 책정해도 사려는 사람은 많을 겁
니다. 물론 이익도 높아질테죠. 우리 어렵게 생각하지 맙
시다. 그 부분은 내가 알아서 할테니 가장 첫 번째로 여러

분들이 해야 할 일은 예전 라인업은 전부 폐기하는 것입니다."

"기존 재고품은 어떻게 할까요? 거래처에 싸게라도 넘길지 아니면…."

"전부 버리세요. 그런 푼돈은 필요 없습니다. 그리고 두 번째!"

"……."

"앞으로 제품 라인업은 무조건 각 항목별로 하나씩만 가져갑니다. 그리고 각 항목별로 Debre-1, Debre-2… 처럼 이런 식으로 일련 번호를 매길 예정입니다. 예를 들어서 시계는 Debre-6, 향수는 Debre-7처럼 이렇게 간다는 겁니다. 샤넬 넘버5 들어봤죠? 그것과 비슷하다고 보면 됩니다."

임원 중 하나가 약간 고개를 갸우뚱거리며 반문했다.

"그럴 경우 구매 타겟이 극히 협소해질 텐데 그래도 괜찮겠습니까?"

"상관 없습니다. 그리고 스위스쪽으로 넘어가서 시계 외주를 받을 수 있는 퀄리티 좋은 생산 업체 수배 좀 해주시고 향수 업계에서 인정 받은 최고의 전문가도 반드시 영입하도록 부탁드립니다."

"시계는 저희가 문외한이니 이해가 가지만 향수는 이미 개발 인력이 있는 데 굳이 또 뽑을 필요가 있을지요?"

현수에게 질문을 던진 직원의 말은 틀리지 않았다.

드보레가 꽤 잘나가던 몇 년 전에 전임 CEO의 지시로 향수 사업에 진출하기 위해서 연구 개발을 했었기 때문이었다. 비록 시장에 정식으로 내놓지를 않았을 뿐이지 그런 관계로 향수에 대한 지식은 상당한 편이었다.

그러니 합리적인 주장이라 할 수 있었다.

현수는 약간 머뭇거리더니 자신의 생각을 말했다.

"다시 뽑으세요. 향수는 시장의 트렌드를 정확히 읽는 하나의 이미지를 파는 작업입니다. 또한 여기서 말하고 싶은 부분은 자금에는 구애를 받지 말라는 겁니다. 비용이 아무리 많이 들어도 앞으로 드보레는 명품 브랜드로 포지셔닝을 할 예정입니다."

"의류쪽은 어찌하실 생각인지요?"

"다행히 제가 운영하는 AMC그룹은 중국에 공장도 있고 한국에 패션 사업부가 있습니다. 일단 그 쪽에 선임 디자인으로 몇 명 파견 요청을 했습니다. 물론 한국쪽만 믿지 말고 프랑스쪽에도 헤드 헌팅 업체를 통해서 유명 디자이너를 영입하도록 하세요. 그래서 시계, 화장품, 향수, 구두, 핸드백, 패션까지 하나의 콜렉션으로 묶어서 세계 시장에 내놓을 생각이니 그리 아시길."

"무슨 뜻인지 알겠습니다. 그러면 기존의 영업 직원들은 다른 파트로 전환시킬까요?"

"그러세요. 어차피 앞으로 직원 숫자도 대폭 늘려야 할 테니 굳이 해고시킬 필요는 없습니다."

꽤 충격적인 발표라 할 수 있었다. 덕분에 장내는 쥐죽은 듯이 조용해진 후다. 단순히 BB크림이라는 신제품 품평회로 알고 왔던 임원들의 표정에는 다양한 반응이 나타났다.

하지만 드보레의 실권자인 티에리 쿤타르트는 마시던 커피잔을 내려놓으면서 부정적인 시선으로 현수를 쳐다보았다.

"회장님 뜻은 알겠습니다. 허나 이 기획안처럼 진행이 될 경우 상당한 자금이 필요합니다. 아무리 생각해도 지금 회사의 재정으로는 감당이 어려울 것 같네요. 거기다 여러 가지 다양한 제품으로 콜렉션을 꾸민다면 본사도 크게 확장을 해야 할테고. 무엇보다 어떤 식으로 판매를 진행시킬지 궁금하군요. 매출이 없으면 문제 아닐까요?"

모두들 마음속에 품었던 진한 의문을 티에리가 대신 묻자 회의실에 앉아 있던 시선은 예리한 화살처럼 그대로 현수에게로 꽂혔다.

현수는 낭랑한 어조로 침착하게 발언했다.

"1차로 10억 달러를 넣을 예정입니다. 개인적으로 경쟁업체를 루이뷔통이나 구찌로 상정할 경우 물론 그 정도 자금으로도 어렵겠지만."

"흠."

"아무튼 앞으로 몇 년은 적자폭이 심할겁니다. 이것으로 부족하면 회사에서 필요할 경우 최대 30억달러까지 투자가 가능하니 여러분들은 크게 걱정하지 않아도 될 겁니다."

"30, 30억 달러요?"

"네. 1차로 10억 달러가 들어올 겁니다. 참고로 이 돈은 유럽의 주요 거점 도시의 요지에 직영 매장 건립비용 및 광고비로 투입될 예정입니다."

"대체 규모를 어느 정도로 하시려고?"

"전 세계 A급 입지에 무조건 건물 한 채 전부!"

"아!"

"그리고 여러분들은 미래에 명품 브랜드 드보레의 직원이라는 자부심을 가지게 될 테죠."

돈은 거짓을 진실로 변화시킬 만큼 대단한 위력을 자랑한다. 그 때까지만 해도 저마다 속으로 의견이 분분했던 프랑스 임원들에게 수십억 달러라는 천문학적인 단위는 어느새 그의 말을 호의적으로 해석하기 시작했고, 점점 설득되고 있었다.

딱 보아도 희망이라는 새싹이 움튼다.

그들 중 다수는 젊은 시절부터 전국의 화장품 가게나 잡화점을 돌면서 자존심을 내팽개치고 제품 카탈로그를 주어야 했던 힘든 경험을 해 본 적 있었다.

어렵게 입점한 유통 센터의 코너에는 진상 고객의 꼴불견과 거만한 눈빛으로 깔고 뭉개는 매장 관리인이 존재했다. 비록 그것이 그들의 삶이었고 생활이라 해도 그리 아름답지 못한 것은 사실이다.

가슴이 살짝 두근거렸다. 스스로의 심박 수를 느껴 본적이 있는가. 처음으로 회사에 즐거움을 느낀 적 있는가.

그런 와중에도 현수의 설명은 계속되었다.

"물론 여러분이 우려하는 것이 무엇인지 알고 있습니다. 가장 우려되는 부분이 직영점이 만들어지는 동안 매출의 공백일 겁니다. 최악의 경우 매출이 아예 없어도 여러분을 문책하지 않을 테니 걱정하지 않아도 됩니다."

"다른 곳은 이해하지만 백화점은 어떻게 할까요?"

"백화점은 저희 회사가 추구하는 '최고급'이라는 컨셉이 어울리기 때문에 원칙적으로 입점은 해도 됩니다. 단! 백화점의 구매담당자가 직접 저희 본사에 찾아와 드보레 제품을 입점 희망을 요청했을 경우에만 검토가 가능합니다. 그 외에 우리가 직접 백화점에 부탁을 하는 것은 일제히 불허합니다."

"하지만 백화점에서 직접 저희 회사에 찾아오지 않을 텐데?"

"그러면 안 하면 됩니다."

"알겠습니다."

"자, 이제 대충 제가 구상하는 드보레의 컨셉 및 경영 방침에 대해 충분히 이해가 되었나요?"

"네."

"여러분들은 그저 제품 잘 만들고 관리 잘하기만 하면 됩니다. 미국 쪽에는 A급 헐리우드 배우와 계약을 하고, 유럽은 일단 첼시FC의 유명 선수들과 저희 제품을 함께 프로모션 할 예정입니다."

"혹시 첼시쪽과 잘 아시나요?"

유럽은 축구의 나라였다.

특히나 프랑스의 리그앙에 비해 한 단계 높은 프리미어 리그 명문팀 첼시가 언급되자 축구를 좋아하던 임원 중 하나가 놀라 물었던 것이다.

100조를 향해서

NEO MODERN FANTASY & ADVENTURE

Part 19-2. Underpromise; overdeliver

현수는 담담한 어조로 고개를 끄덕였다.

"첼시는 한국 AMC그룹의 자회사 중 하나입니다. 그리고 제가 거기의 오너입니다."

"아. 그렇군요."

그들은 이제야 이런 터무니 없는 청사진이 이해가 된다는 눈빛이다.

불특정 다수인 대중을 상대로 홍보가 필요할 때는 TV와 같은 미디어 노출이 가장 효과적인 방법이지만, 드보레처럼 상위 1%가 타겟인 경우에 이보다는 사회 지도층이나 혹은 유명 스타를 통한 프로모션의 효과가 더 뛰어나다는 것이 전문가들의 의견이었다.

155

현수는 그 외에도 인력 확충 방안와 외주업체 발굴 및 관리 시스템에 대해서도 의견을 구했다.

또한 12월 안으로 입금 예정인 10억 달러의 사용처에 대해서 집중적으로 검토를 지시했다.

그는 가장 먼저 프랑스의 파리 Paris, 리옹 Lyon, 독일의 베를린 Berlin, 함부르크 Hamburg, 영국의 런던 London, 버밍햄 Birmingham, 이태리의 로마 Rome, 스페인의 마드리드 Madrid, 체코의 프라하 Praha, 미국 뉴욕 Newyork, 로스앤젤리스 L.A에 각 1곳씩 직영점을 세우기로 결정했다.

총 11군데가 1차 타겟이다. 일단 아시아쪽은 추후 검토하는 것으로 정하게 된다.

동시에 세계적으로 유명한 건축 디자이너와 손을 잡고 인테리어 업체 입찰도 공고를 붙이기로 이사회에서 결론을 내렸다.

✳

이른바 세계 유행을 선도하는 거점 도시의 최고 요지에 '드보레' 라는 브랜드로 매장을 세워서 시계, 향수, 화장품, 의류, 구두, 핸드백까지 원스탑 세일 방식이다.

판매 가격은 무조건 루이뷔통과 비슷한 가격대로 책정

했다.

그러니 당연히 초기 몇 년은 상당히 고전할 가능성이 높았다. 단순히 가격만 높인다고 명품이 될 것 같으면 세상에 명품 브랜드 천하가 되어야 했기 때문이다.

10억 달러 정도의 자금은 이 업계에서 큰 돈이라 할 수도 없었다. 어쩌면 밑 빠진 독에 물붓기가 될 확률도 완전히 배제하지는 못했다.

그만큼 명품 시장은 규모가 컸고 인지도 쌓기가 어려운 업종이다.

그럼에도 그가 이렇게 통 크게 배팅을 하게 된 원인은 엔달러 선물에서 막대한 차익을 얻었기 때문이다.

아직 매도 포지션 청산은 하지 않았지만 조만간에 전량 청산할 시점이 가까워지고 있었다.

예상대로 결재가 되고 그 동안 큰 변수가 없다면 10억 달러쯤은 크게 문제가 안 된다.

그렇게 드보레 담당 임원과 자유롭게 토론을 하면서 각 도시의 특급 입지에 직영점을 설립하는 것을 전제 조건으로 합의했다. 하지만 상황이 여의치 않으면 적당한 건물을 10-20년 이상 장기 임대하는 방식도 실무진에게 고려하도록 했다.

세계는 넓고 또 넓다. 아무리 개인의 돈이 많아도 전 세계 요지에 위치한 토지를 일괄 구입한다는 자체는 여전히 꿈에 불과했던 까닭이다.

물론 장기 임대의 경우에는 토지 상승에 따른 차익은 바라볼 수 없다. 허나 토지와 건물을 구입하는 초기 비용과 임대를 할 경우 비교해 보면 비용의 1/3, 심지어는 1/5 이상 줄어들 수도 있는 장점이 존재했다.

✳

드디어 길고 길었던 엔달러 선물이 종착역에 도달했다. 미래 뉴스처럼 엔화는 일본 정부의 의도적인 경기 부양책과 환율 방어로 12월에 접어들자 엔화는 가파르게 119엔까지 폭락했다.

그런 탓에 현수가 엔화 선물로 취득한 수익금액은 상상을 불허할 정도로 막대했다.

드보레에 이번 달 内로 10억 달러를 투입한다는 계획의 기저에는 통화 선물로 얻은 천문학적인 수익이 바탕이 된다 할 수 있다.

현재 엔달러 선물 지수는 '8386'이었다.

기초자산인 엔화가 119.25엔까지 하락하자 그와 연동된 선물 지수도 끝없이 떨어질 수밖에 없었다. 그 동안 현수는 보유 이익금을 바탕으로 적절한 시기에 근월물을 원월물로 갈아탔다. 동시에 포지션 청산 후, 동 포지션 진입의 방식으로 계약수를 대폭 증가시켰다.

그러다 막판에는 80만 계약을 풀베팅해서 홀딩했고, 비로소 오늘에야 모든 금액을 차익실현을 할 수 있었다.

선물의 무서운 점은 바로 리버리지 효과 때문이다.

언덕 위에서 눈을 굴릴 때는 작은 공에 불과하지만, 그 눈이 산비탈을 지나 가속을 하면 표면적은 제곱의 속도로 증가하게 된다.

그리고 결국 밑에 내려오면 거대한 집체만큼 커지게 되는 법이다.

물론 홀딩한 기간 동안 포지션 진입 방향이 정확히 일치해야 가능한 논리일 것이다.

그 반대는?

당연히 마진 콜! 파산이다.

그런데 현수는 확률적으로 지극히 낮은 이 베팅의 승리를 현실화시켰다.

더 이상은 신의 영역이다.

이제 엔화가 어디로 튈지는 아무도 몰랐기 때문이다. 이 모든 것을 가능하게 해 준 USB 뉴스 라이브러리를 차분하게 지켜 보았다.

과연 어느 시점까지 이것을 이용해야 할까?

혹시 나 때문에 잘못되는 사람은 없는 것일까?

예전에는 철없는 소리라 생각했으나 여전히 마음 한 구

석에는 무거운 돌덩이가 있는 느낌이다.

몇 가지 상념 끝에 그는 계좌의 잔고를 확인했다.

- $ 11,080,240,500

'110? 110억 달러!'

정말일까? 정말 110억 달러?

순간 말문이 막혔다. 혹시 숫자의 단위를 잘못 셌는지 다시 눈을 비볐다.

불과 몇 개월 전까지도 30억 달러에 불과했던 선물 계좌 잔고에 110억 달러가 찍혀 있으니 어찌 기가 막히지 않을까? 기묘한 감정이었다. 담담하면서도 들뜬 마음이다.

그가 한 일은 별 것 없었다. 여러 번의 일괄청산과 계약수 증대, 그리고 똑같은 포지션 설정의 기계적인 반복 뿐이었다.

몇 가지 골치 아픈 일로 지쳐서 사실 제대로 관심도 가지지 못했던 계좌였다.

허탈한 웃음이 나왔다.

한국 돈으로 계산하면 10조원 가까운 천문학적인 금액이다.

그러던 그 때, 마이클 강이 의미심장한 미소를 지으면서 문을 들어와 입을 뗐다.

"오늘 오전에 시티 은행 은행장인 모리스 웨건씨가 직접 사무실로 전화 하셨습니다."

"시티 은행장?"

"네. 정확히는 은행장의 비서실 직원이었지만요."

"거기서 갑자기 왜?"

"후후, 왜 전화가 왔겠습니까?"

현수는 문득 짚이는 것이 있어서 테이블 위에 놓인 계좌 잔고의 은행 이름을 번갈아 확인했다.

"잔고 때문인가?"

"네. 아무리 시티은행이라도 100억불이 넘는 현금을 보유한 VIP에게 인사차 전화 하는 것은 당연하지 않을까요?"

"아무리 그래도 그렇지."

"후후."

"아냐. 어쩌면 그럴 수도 있겠네."

"흐흐. 회장님! 정말 회장님 대단하십니다. 어떻게 그렇게…."

"흰소리 그만하고. 시티은행에 바로 전화해서 내가 직접 은행에 가지 않으면 우리 직원이 가더라도 돈 지불하지 못하도록 특약 사항 하나 걸어 놔요. 아무리 봐도 돈이 너무 커서 안 되겠어."

"그러도록 하죠."

"그리고 또 하나 더! 지금 백악관에 연결해서 내 이름 밝히고 클린턴 대통령 좀 바꿔달라고 해."

마이클 강은 회장의 지시를 메모에 적으면서 놀란 표정으로 동공을 살짝 확대시키며 물었다.

"네엣? 대통령이요?"

"응. 방금 클린턴 핸드폰으로 연락을 해 봤는데 잘 안 되네."

"근데 무슨 일로?"

현수는 별 것 아닌 어조로 또렷하게 말했다.

"협찬 좀 부탁할 게 있어서."

"협찬이요?"

"어. 이번에 새로 브랜드 하나를 런칭했는데 아무리 생각해도 미국 대통령만큼 화제성 있는 인물은 없을 것 같더라고. 시계 하나, 양복 하나 준다고 할 생각인데 어때? 당신 생각은?"

"크흠. 설마 대통령이 그걸 받겠습니까?"

현수는 팔짱을 낀 채 의자에 앉아서 중얼거렸다.

"왜? 못 받을 것은 또 뭐야? 어차피 대통령도 똑같이 먹고 싸는 데 명품 시계랑 명품 양복 주겠다는 데 설마 싫다고 할까?"

마이클 강은 약간 흥미롭다는 표정을 보이더니 힐끗 현수를 쳐다보았다.

어린 나이에 너무 부유해진 탓일까? 그의 보스를 가끔 보면 굉장히 뛰어난 천재처럼 보이지만 또 어떤 때는 하는 짓이 4차원 같은 행동을 즐기는 인물로 보였던 것이다. 그럼에도 현수는 기어코 빌 클린턴과 통화를 해서 내년에 출시 예정인 드보레 시계와 드보레 양복을 협찬하고 싶다고 당당하게 밝히며 홍보를 부탁했다.

물론 클린턴은 잠시 기가 막히다는 듯 코웃음을 쳤지만, 이내 즐겁다는 표정으로 흔쾌히 동의했다.

"이봐! 정수씨? 윤설아씨 대체 언제 온다는 거야? 그 쪽 매니저와 연락은 해봤어?"

"저, 그게. 차가 막힌다고….."

드라마에서 잡일을 도맡아 하는 최정수 F.D 는 박혁진 P.D 의 연이은 짜증에 어쩔 줄을 모르고 죄 없는 핸드폰 액정창만 보고 있었다. 아까부터 연락이 안 되었기 때문에 방법이 더 이상은 없었던 탓이다.

그러자 근처에서 수군거리기 시작했다.

"에이! 이거 뭐야. 누구는 좃빽이치고! 누구는 늦고."

"추워 죽겠는데… 에휴."

가뜩이나 힘든 촬영 환경 때문일까. 그렇잖아도 신경이 예민해진 나이 많은 선배 배우들의 인상도 그리 좋은 편이 아니었다.

특히나 겨울철이라 날씨가 굉장히 추웠다. 저마다 발을 동동 구르면서 드라마의 주연인 윤설아를 기다리는 중이 었다.

윤설아는 청순한 외모와 깜찍한 성격으로 최근 주가가 크게 상승하고 있는 스타였다.

지난 영화가 크게 히트한 탓에 드라마에서도 첫 주연으로 발탁되어 촬영을 시작했다. 하지만 연예계가 늘 그렇듯 괴기 무명시절의 깍듯했던 인사와 겸손한 미소는 온데 간데 없었다.

아니, 그 정도라면 이렇게까지 제작진이 불평하지 않았을 것이다. 윤설아는 날이 가면 갈수록 이쪽 계통 인물들에게 비호감으로 찍힌 상황이었다.

뜨기 전과 뜬 후 달라진 가장 유명한 인물 중 하나였으니 더 이상 할 말이 뭐가 있겠는가.

그렇게 1시간이 흘렀을까? 뒤늦게 고급 밴 한 대가 무서운 속도로 달려와 현장에 도착했다.

매니저가 윤설아보다 먼저 내렸고, 그는 곧 현장 관계자에게 다가가 90도로 인사를 했다. 뒤늦은 사과의 표시였던 것이다.

"죄송합니다. 많이 늦었네요. 죄송합니다!"

직설적인 성격의 중년 배우 김종식은 아니꼽다는 표정으로 투덜거리면서 반발했다.

"아니? 사과를 왜 매니저가 대신하는 거요? 윤설아씨는?"

"그, 그게. 요즘 윤설아씨를 불러주는 데가 많아서 스케줄 때문에 어쩔 수가 없었습니다."

"거 참!"

"이해 부탁드리겠습니다. 선배님."

"좋아요. 뭐 늦을 수도 있고 다 좋아요. 그런데 정작 잘 나신 스타 분은 지금 뭐하는 겁니까? 윤설아씨 하나 때문에 추위에 벌벌 떨면서 기다리는 선배 연기자는 아예 개똥이라 이건가? 씨발! 이거! 너무 하네! 퉷!"

이 모습에 피디가 나서서 그를 만류했다.

"종식씨!"

"왜요?"

"그만해요. 차가 막혀서 늦은 것 가지고 꼭 그래야 됩니까? 작품이 먼저 아닙니까?"

"그 놈의 작품이 먼저는…."

"종식씨!"

"한 두 번도 아니고. 제가 오죽하면 이러겠습니까?"

김종식은 아예 드라마에서 퇴출을 당하더라도 더 이상 참기 어렵다고 생각한 모양인지 강하게 나갔다.

보아하니 윤설아의 상대 남자 배우도 때마침 김종식이 나서지 않았다면 먼저 나섰을 그런 낌새였다.

그는 바보가 아니다.

연예계 짬밥이 몇 년인데 저런 꼴불견인 배우를 못 봤겠는가?

하지만 그가 볼 때 윤설아는 도가 너무 지나쳤다. 쉽게 말해 늦는 것도 한 두 번이지, 이건 드라마 촬영 때마다 매번 늦었다.

늘 이런 문제를 만드는 주연 배우의 핑계거리는 같았다. '차가 막혀서'라니! 좀 더 창의적인 이휘를 쓰면 더 멋져 보이지 않을까? 생각하는 수준하고는!

윤설아는 덩치가 크고 성격이 불같은 김종식이 아예 대놓고 윤설아를 까버리자 아무 말 못하고 경직된 표정만 짓더니 밴으로 들어가버렸다.

드라마 '이카루스의 날개'를 책임지는 PD 박혁진은 눈을 질끈 감아야 했다. 그는 윤설아의 백그라운드를 알고 있기 때문이었다.

그는 당장 FD에게 호통을 쳤다.

"넌 당장 밴에 들어가서 윤설아씨 기분 달래줘. 그리고 김종식씨? 촬영장 분위기를 이렇게 망치면 대체 어쩌자고 그러는거야?"

"오죽하면 그러겠습니까?"

"그래도 그렇지."

"아무튼 미안합니다. 감독님."

"당신이야 미안하다고 말하고 드라마 쫑내면 되지만 내 입장은 어떻게 하라는거야? 응?"

김종식은 감정이 상해서 PD와 투덜거리다가 약간 의혹 섞인 눈빛으로 주저하면서 되물었다.

"설마? 그 소문이 사실입니까?"

"무슨 소문?"

"윤설아 뒤에 누가 있다는…."

"조용히 해. 딱 한마디만 할게. 그 누군지가 당신이 생각하는 그 이상이야. 그러니 내가 왜 이러는 지 당신도 알겠지? 우와. 이거 진짜 미치겠네."

"……."

박혁진 PD는 손대는 족족 대박 드라마를 만들어낸 감독으로 이 계통에서도 이름난 인물이었다. 거기다 카리스마도 강한 편이었다.

그런 박혁진이 촬영 시작 때부터 윤설아에게 과하게 호의를 베풀기에 느낌이 이상하다 생각했는데 그의 말에 직감적으로 잘못 건드렸다는 것을 느꼈다.

박혁진이 이럴 정도면 단순히 금전적인 관계의 스폰이 아니라는 의미일 것이다.

그렇게 겨우 윤설아를 진정시키고 본격적인 촬영에 들어가다가 결국 사고가 터지고 말았다.

드라마에서 윤설아의 친언니로 나오는 정수현이 실의에

빠진 윤설아를 위로해주는 레스토랑 씬에서 그만 윤설아
가 화를 터트린 것이다.

"아니! 내가 웬만해서는 이런 말 안 하려고 했는데 정수
현씨? 너무한 것 아닌가요?"

"네? 그게 무슨 뜻이죠?"

"당신 옆에 가면 담배 냄새 때문에 구역질이 올라온다
고. 대체 드라마 찍기 전에 담배는 왜 피는거에요?"

ㄱ 때문에 정수현의 얼굴은 시퍼렇게 변해 있었다.

그럼에도 담배를 피우지 않는다고 부인은 차마 하지 못
했다.

그녀가 비꼬는 말처럼 그것이 사실이었기 때문이다. 단
지 가글과 향수로 확실히 냄새를 제거했다고 생각했는 데
막상 실연당한 윤설아를 안아주는 장면에서 들킨 것이다.
여자로서 이보다 더 수치스러운 것이 있을까.

정수현은 자신도 모르게 부르르 떨었다.

하지만 윤설아는 냉랭한 표정으로 재차 말을 쏘았다.

"대답 좀 해봐! 내가 잘못 말했어?"

"……."

"아주 웃겨. 좋아요. 백번 양보해서 담배를 피는 건 당
신 사생활이고 내가 간섭할 권한은 없지만 최소한 드라마
를 찍을 때만큼은 타인을 배려해야 하는 것 아닌가요?"

결국 정수현은 머뭇거리면서 어쩔 수없이 사과를 했다.

"아, 미안해. 설아씨. 요즘 개인적으로 스트레스가 많아서…."

"흐흐. 이봐요? 우리가 서로 말 놓기로 했나요? 어디서 반말이야? 아주 꼴깝은."

"뭐? 말 다했어요?"

"감독님! 죄송한데 저… 너무 피곤해서 오늘은 일찍 들어가서 쉴게요. 도저히 담배 연기가 역해서 참지 못하겠어요."

"설아씨? 그래도 몇 장면 안 남았는데?"

"죄송해요. 이런 분위기로는 도저히 기운이 안 날 것 같네요. 다 제 잘못입니다. 그럼."

"설아씨! 정말 이럴 거야?"

하지만, 윤설아는 주위의 냉랭한 시선은 아랑곳하지 않고 자리를 박차고 나와서 바로 차를 타고 현장을 떠나버렸다. 정수현은 그 때문에 얼굴을 들기 어려울 정도로 자존심을 상하고야 말았다.

윤설아는 그녀보다 비록 5살 어리지만, 연예계에서 위치는 그 반대였다.

드라마에서 출연 비중이 고작 7-8번째에 불과한 자신과 주연인 윤설아의 위상은 비교할 바가 아니다.

특히나, 입에서 담배 냄새난다는 모욕을 들어야 했던 수현은 극심한 모욕감에 한동안 말이 없었다.

울기 싫었다. 하지만 초점이 흐려졌고 사물은 하얗게 변했다. 자존심이 무너졌다. 충격 때문일까.

그 흔한 눈물조차 보이지 않는다.

여자로서 너무 수치스러웠다.

하지만 정작 이 자리의 실권자인 감독은 이 오욕을 멋지게 선물한 윤설아만 찾고 있었다.

수현은 고개를 돌렸다. 이제 막 눈이 내리기 시작한 청평의 짙푸른 강물과 앙상한 가지만이 지금의 심정을 대변할 뿐이다.

✳

"그래서? 어떻게 되었는데? 다 잘렸어?"

신미정은 적당히 취한 채 애인의 팔에 기대어 언니 정수현의 이야기에 호기심 어린 눈동자를 취했다.

미사리의 고즈넉한 카페에는 통기타 소리가 은은하게 들려왔고 어두운 조명은 감미로운 분위기를 연출했다.

아직 초저녁이라 한산한 탓에 손님은 별로 없었고 구석진 곳에 미정과 미정의 애인 윤정호, 그리고 맞은 편에 정수현이 얼마 전 촬영 현장의 사건을 가지고 대화를 나누는 중이다.

수현은 편한 자세로 소파에 앉아서 맥주잔을 연신 들이

키며 기가 막힌 듯 웃었다.

"그렇지 뭐. 후후, 얼마나 웃긴 줄 알아? 미정아. 너도
생각해봐. 잠도 못 자고 수십 명이 똘똘 뭉쳐서 만들던 드
라마였어. 그런데 김종식씨는 그 계집애와 대판 붙고 일주
일 후에 뜬금없이 교통사고로 죽었어."

"언니는?"

"나? 말했잖아! 다음 회에서 나한테 통보도 하지 않고
나를 유학 떠나는 것으로 작가가 만들더라."

"징하긴 징하네. 무슨 막장 드라마야?"

"내 말이! 너 같으면 기분이 좋겠니? 그 배역 따려고 며
칠 밤을 세면서 연습하고 그 경쟁률을 뚫고 따낸 배역인
데?"

"우와. 우리 언니? 마음 상했나 보다. 술 더 마실래?"

"그럴까?"

100조를 향해서

NEO MODERN FANTASY & ADVENTURE

Part 19-3. Underpromise; overdeliver

"와인 어때? 한잔 더 하자."

"흐흐. 암튼 너와 대화하니까 그래도 기분이 좀 풀리
네."

부드럽게 미소를 짓는 정수현을 보면서 신미정의 애인
윤정호가 위로의 말을 건넸다.

"수현이 너도 성격 많이 좋아졌나 봐. 현장에서 그것도
여자한테 담배 냄새 때문에 역겹다고 말하는 데 천하의 정
수현이가 참는 거 보니까."

"그럼 어쩌라고? 이제 겨우 단역 벗어났는데 별 수 있
냐. 에구. 옛날 같으면 죽었지, 그 년!"

"학창 시절의 그 머슴 정수현이도 사람 됐네! 됐어!"

"정호! 너, 너!"

"하하. 미안! 어쨌든 네가 윤설아한테 당했다는 게 믿어
지지 않아서."

정수현과 윤정호는 같은 고등학교를 나온 사이였다. 학
창 시절에는 그다지 친하지 않았으나 사회에 발을 디디면
서 친해진 케이스라 할 수 있다.

윤정호는 현재 매일 경제 신문의 사회부 기자로 재직 중
이었고, 그의 애인인 미정과 수현은 친한 언니 동생 관계
였다.

미정은 뭐가 그리 좋은 지 토끼처럼 정호의 품에 안겨서
정호의 가슴을 천천히 어루만지며 스킨 쉽에 여념이 없었
다. 수현은 담배 연기를 뿜어내면서 혼자서 투덜거렸다.

"그럼? 어쩌겠어? 그 년은 잘 나가는 A급이고 난 이 모
양 이 꼴인데? 네가 그 년 막나가는 걸 못 봐서 그래. 완전
싸가지도 그런 싸가지가 없다니까. 대체 뭔 빽인지? 그렇
게 소문이 안 좋은데도 제작사에서 캐스팅하는 것 보면 진
짜 이 바닥도 더럽긴 더러워."

정호는 미간을 찡그리더니 무언가를 생각하는 표정으로
말을 이었다.

"소문에 듣기로는 뒷배경이 장난이 아닌 것 같아."

미정은 궁금한 듯 약간 졸린 눈으로 입을 뗐다.

"그게 무슨 뜻이야?"

"이번에 윤설아가 물은 놈이 보통 거물이 아니라고 하더라고."

"어쩐지? 근데 누구인데 그래? 어디 재벌 2세라도 물으셨나? 흐흐."

"아니. 그보다 더 윗급."

정호의 진지한 표정에 두 여자의 얼굴에는 호기심이 먹물처럼 가득 번지기 시작했다. 그 둘도 비록 연예인이었지만 그래도 세상에서 가장 재밌는 것이 바로 타인의 사생활을 엿듣는 것이기 때문이다.

정호는 미정의 어깨에 손을 두르면서 조근거리는 음성으로 말했다.

"저번에 만난 후배가 영화 제작사에서 일하는 데 윤설아가 AMC엔터테인먼트와 줄이 닿아 있다고 하더라고."

"진짜?"

수현은 함께 맞장구를 치면서 놀랍다는 표정으로 대꾸했지만, 미정은 그 순간 경직된 표정으로 그 말을 애써 못 들은 척 했다.

이제 겨우 잊었다 생각했던 이름이다. 그런데 다시 그 이름이 여기서 나오다니? 애절함일까. 확실히 자연스럽게 반응은 나오지 않았다.

수현과 정호는 미정의 속마음을 모르는 지 여전히 대화에 몰두하고 있었다.

"응. 거의 확실한 정보야. 그래서 요즘 드라마 제작사나 영화 제작사에서 가장 먼저 윤설아쪽으로 시나리오를 보낸다고 하더라고."

"왜?"

"왜는? 넌 바보냐? 윤설아가 오케이하면 가장 중요한 투자금이 해결되잖아."

"어쩐지? 하긴 요즘 같이 돈줄이 마른 상황에서 어쩔 수 없는 걸까."

"니네 이 이야기는 들어 봤어?"

"뭐?"

"한국에서 자금이 가장 많은 곳이 어디일 것 같아?"

"삼성?"

"그래. 가장 먼저 삼성이 있고, 그 다음이 롯데, 그리고 AMC그룹이야. 특히나 연예계 쪽에서 AMC 비위를 건드리고 살아남을 곳은 거의 없다는 게 요즘 중론이라는 말 모르냐?"

수현은 약간 시무룩한 표정으로 대꾸했다.

"아무리 그래도 그렇지? 언론은 뭐하는 데?"

"넌 언론이 뭐 대단한 곳인줄 아나본데? 언론도 그 상대가 AMC엔터 정도 되면 웬만해서는 안 좋은 이야기를 안 써. 괜히 정의감 때문에 비평 기사 하나 써서 AMC엔터에 찍히면 앞으로 AMC엔터 산하의 가수나 배우에게 인터뷰 하나 따지 못한다고. …그럼 당연히 그 언론만 경쟁에서 뒤져지게 되지. 그러니 아무리 일선 기자가 발로 뛰고 취재해도 편집국장이 커트하는 경우가 비일비재한 것 모르냐?"

"그런가?"

"거기다 자체 방송 채널도 있지. 너도 알거 아냐? 최근 A-Net에 막대한 자금을 풀면서 몇 몇 프로그램은 공중파와 맞먹는 시청률이 나오는 것도 봤잖아? 거기다 최근에는 영화 체인점인 멀티 플렉스까지 전국에 세우고 있는 중이야. 그런데 어떤 미친 놈이 AMC엔터를 건드릴까? 방송국 피디? 국장? 웃기지 말라고 그래. 현재 방송계에 AMC엔터가 외주 제작 비율이 어느 정도인지 알고 있는 사람 있어? 그러니 아마 그 드라마 피디도 산전수전 겪었으면서도 존심 죽인 거야. 자존심이 밥 먹여주냐? 안 그래?"

정호의 일장 연설에 미정은 못 마땅한 얼굴로 중간에서 말을 잘랐다.

"정호씨? 그만해. 그건 그쪽 사는 사람들 이야기고 난 관심 없으니 다른 이야기나 하자."

"넌 오늘 또 왜 이래? 수현이가 그 계집한테 그렇게 당했는데 적어도 위로는 해줘야 하는 것 아냐? 신미정?"

"……."

미정은 대답하지 않았다.

그 순간 조용한 정적이 테이블 주위를 스쳐 흘러갔다.

정호의 정색하는 모습에 미정은 가슴이 시린 것을 깨달아야 했다.

긴 눈썹, 예리한 콧날, 단정한 머리칼까지. 그의 곁에만 있으면 상큼한 스킨 냄새가 온 몸에 퍼지는 느낌이다.

그 매혹적인 향기는 온 몸을 나른하게 만들며 세상 어떤 남자보다 더 섹시하게 다가온다.

비록 172cm 남짓의 작은 키에 때로는 자기 주장이 강할 때가 있어서 불만이지만, 그럼에도 그의 모든 것이 사랑스러웠다.

그녀가 선택한 남자다. 그녀가 배우지 못했던 높은 학식을 우러러 보면서 늘 존경하면서 살고 싶었다.

그녀는 알고 있다. 바보가 아니다. 그를 버리고 그를 선택한 결과에 누구라도 그녀를 향해 조롱하며 돌팔매질을 날릴 것이다.

비합리적인 선택이었을까? 아마 그럴 지도.

그럼에도 그에게는 '사랑' 이라는 감정이 싹트지 않았었다. 그 여린 사랑이라는 새싹은 여자를 절정의 환희로 이끌고 행복의 강을 건너게 하는 디딤돌이다.

그런데 그토록 듣기 싫었던 그 이름이 여기서 또 흘러나온다. 그녀 본인의 의지와는 상관없는 장소에서.

TV에서 그와 연관된 CF가 나와서 한동안 TV를 보지 않았었다. 지나가다 보이는 광고판을 보면 의식적으로 밀어내기 위해서 애를 썼다.

정말 노력했다. 그런데 또 나온다.

아, 아. 미안. 정말 미안해.

그의 발자취가, 그의 흔적이.

그의 그림자는 너무 크고 넓어서 그녀처럼 가냘프고 약한 여자는 도저히 뛰어 넘을 수 없나 보다.

미정은 눈썹을 찡그리면서 정호에게 짧게 대답했다.

"미안."

"쯧! 성질 하고는. 아무튼 듣기로는 최근 AMC엔터쪽에 안 좋은 소문이 돌던데 어떤지 모르겠어."

"무슨 소문?"

"무명 탤런트나 신인 연기자 중에 금전적으로 어려운 애들을 정계의 유력자들에게 붙여준다고 하더라고. 근데…."

미정은 단칼에 무처럼 자르면서 끊었다.

"말도 안 돼!"

정현수가? 그 아이가 그럴 리가 있겠어?

다른 사람은 못 믿어도 그녀는 믿었다. 그의 해맑던 웃음을 기억한다면 이런 헛소리는 퍼진다는 자체가 해프닝일 것이다.

"뭐가 말이 안 된다고 그래?"

"AMC그룹처럼 큰 회사에서 그럴 이유가 없잖아?"

"다 좋아. 근데 미정아. 너? 오늘 왜 이렇게 정색이야? 세상은 네가 생각하는 것처럼 흑과 백처럼 딱 나눠지는게 아니야. 너도 생각해봐! AMC가 이만큼 큰 게 십년도 안 됐어. 대한민국 기업 역사로 볼 때 말도 안 되는 일 아닐까? 거기다 창업주는 베일에 꽁꽁 감춰져 있으니 당연히 의심할 수밖에 없잖이?"

그 말에 수현은 입술에 묻은 매니큐어를 닦아 내면서 피식 웃었다.

"정경 유착이라 이건가?"

"그것까지는 모르겠고. 아무튼 성접대가 꽤 이루어지고 있는 것은 사실 같아. 단지 여자를 제공하는 쪽이나 받는 쪽이나 워낙에 거물급들이라 알고도 쉬쉬하고 있어."

"아, 재미없어. 정호 넌 아무튼 우리랑 뭔가 안 맞아. 맨날 고리타분한 그딴 이야기나 하고."

"왜? 그럼 무슨 말 할까? 패션? 육아? 큭큭."

미정은 정호의 말에 다소 충격을 받았는지 붉은 와인 잔을 연신 들이켰다.

식스 센스의 성공으로 그녀는 성공적인 배우로 발돋움하게 된다. 그 후 바로 일일 드라마 조연을 맡았는데 비록 시청률은 저조했지만, 근래에 보기 드문 웰빙 드라마라는 호평을 얻으며 연예계에서 기틀을 다지는 중이다.

현수와의 이별은 이 바닥에서 그녀의 보호막이 사라졌다는 것을 의미하지만 그녀는 개의치 않았다.

어쩌면 더 홀가분할지도 모른다.

그 느낌은 뭐라고 할까?

지금까지는 주제에 어울리지 않게 고급 정장과 화려한 보석으로 치장했고, 그 때문에 받아야 했던 중압감에서의 해방과 닮아 있었다.

그녀는 갈등을 느꼈다.

정호를 위해서 옛 애인을 떠올리기는 싫지만, 그러면서도 다른 한편으로는 회사가 부도덕한 길로 빠지는 모습에 안타까웠던 것이다.

정호의 서글서글한 눈매가 겹쳐졌다.

이제 와서 현수를 끌어 들인다? 정호에 대한 예의라 할 수 있을까?

어떻게 해야 할까?

망설임이다.

윤설아가 싸가지가 없든, 혹은 AMC의 고위 관계자의 사랑을 받아 전횡을 하든 사실 그녀와 무슨 상관이 있겠는가.

하지만 성접대는 그것과는 전혀 다른 문제였다.

문득 어린 시절 왕따를 당하던 친구를 위해 담임에게

씩씩하게 나서서 손을 들고 가해자들을 지목했던 그 어린 시절의 야무지고 당당한 어린 미정이 떠올랐다.

그 후 기억나는 것은 담임의 가식적인 연설, 아이들의 조소, 피해자의 울음, 그리고 적대적인 눈동자들이다.

그래. 그 때 그녀는 느꼈던 것 같다.

세상의 정의는 없다고.

머리는 하얗게 변했다. 연이은 폭음 때문이다.

세상에 얼룩진 멍에를 씻고 싶은 듯 다시 와인을 우아하게 들었다.

OB파가 드디어 움직이기 시작했다.

OB파의 두목인 진동운은 덩치와 달리 꽤 영리한 인물이었다. 그는 사람을 어떻게 다루고 어떤 식으로 협상을 하며, 조직을 유기적이면서 강하게 이끄는 방법을 확실히 인식하고 있었다.

그 때문에 진동운은 정식으로 유성파에 대리인을 보내서 협상을 했다.

멋진 슈트와 광이 번쩍나는 구두를 신은 십여명의 건장한 부하들과 달변가인 대리인이 발걸음을 옮겼다. 그들은 조직의 위엄을 떨어트리지 않으면서도 동시에 유성파가 홍대에서 물러나는 반대 급부로 두둑한 돈 봉투를 제시했다.

당근과 채찍.

처세술에 있어서 아주 간단하면서도 유용한 공식이 아닐 수 없다.

하지만 불행하게도 유성파의 백운걸은 며칠의 고민 끝에 OB파의 제안을 거절을 하게 된다.

백운걸이 거절한 이유는 사실 다른데 있지 않았다.

그는 자신의 세력을 과대평가했다. 거기다 성동수의 뒷배경까지 확고하게 믿었다. 그런 탓에 결국 두 개의 우악스런 손바닥은 강하게 마주치고야 말았다.

피의 쟁투가 시작된 것이다.

가장 먼저 진동운이 부하들을 움직여서 피렌체를 점거하던 유성파 패거리를 불시에 습격했다.

칼이 뽑히고 쇠파이프가 휘둘러졌다.

머리가 빠개지고 뼈 한 둘 부러지는 것은 물론이요, 목숨을 건 싸움이 전개된 것이다.

그렇게 피렌체 건물은 OB파가 유성파를 물리치며 점거를 했지만 그 기간은 오래가지 못했다.

기습으로 크게 전력의 손실을 입은 유성파가 복수를 외치며 재차 습격을 했던 탓이다.

대형 관광 버스로 부하들을 동원해서 쫓고 쫓기는 싸움이 계속 되었다.

싸움이란 그런 것이다.

내가 상대에게 칼침을 한방 놓을 경우에는 그 반대로 자신도 당할 각오를 해야 한다.

그 때문에 OB파와 유성파의 식구들은 하루가 멀다하고 병원에 후송되었고 OB파가 비록 승기를 잡고 있어도 둘 다 세력의 손실은 상당한 수준에 이르게 된다.

그 사이에 경찰이 수도 없이 출동한 것은 물론이요, 심지어 몇 몇 언론의 취재로 공중파 뉴스에 언급될 정도로 CCTV에 찍힌 패싸움은 상관이 아닐 수 없었다.

그렇게 서로 뺏고 뺏기는 혈투 속에 지지부진한 공방이 이어졌다.

그리고 이 싸움을 이유로 삼아 검찰 내부에서는 한국의 거대 조폭 2군데를 잡아넣기로 결정하고 이윽고 움직였다.

생각 외로 유성파를 확실히 굴복시키지 못한 진동운은 따로 부하를 동원해서 성동수를 공격하라고 지시했다.

유성파를 조종한 놈이 성동수였기 때문이다.

하지만, 어떻게 알았는지 성동수는 다수의 경호원에 둘러싸여 만만치 않게 저항을 했고 곧이어 현장에 출동한 경찰들이 OB파의 행동대원들을 모두 체포했다.

다음 날 아침.

성동수를 살인 모의했다는 물증을 바탕으로 대검 특수부는 OB파의 진동운과 유성파의 백운걸 이하 고위 간부전원을 굴비 엮듯이 구속 수감시켰다.

＊

　미국에서 전화를 받는 현수의 얼굴은 어두운 기색이 역력했다. 이유는 다름 아닌 한국에서 전화를 걸려온 때 아닌 전화 한 통 때문이었다.

　그리고 그 상대는 OB파의 수뇌인 배진수였고, 그는 건달 특유의 비분강개한 목소리로 언성을 높이는 중이다.

　"정회장! 제발 도와주쇼. 언론에서 하도 떠들어서 그런지 이번에는 아예 작정을 하고 검찰에서 잡아 갔소. 동운이 형님 까딱 잘못하면 한평생을 감방에서 썩을지 모르오. 부탁합니다."

　"자, 진정하시고. 진수씨 말고 다른 분들은 어떻습니까? 다 잡혔나요?"

　"휴우, 말도 마세요. 검찰에서 기동 타격대까지 동원해서 우리 조직의 말단까지 지금 샅샅이 잡아넣었소. 그 외에 저를 포함한 소수만 지방으로 튀어서 안 잡혔을 뿐입니다. 이것도 경찰에서 수배 지령 내려서 과연 얼마나 버틸지 모르겠소."

　"생각보다 심각한가 보군요."

　"어떻게 그렇게 태평하게 말합니까? 정회장도 알지 않습니까? 이번 일이 정회장 부탁으로 이렇게 된 것을?"

　"알았어요. 대체 어떻게 된 일인지 검찰 쪽에 알아볼테

187

니 일단 비상 연락처 남겨 놓고 경찰 눈부터 피하세요.”

“그럼. 부탁 좀 드리겠습니다. 회장님.”

“그래요.”

현수는 전화를 끊고 어디로 알아봐야 하는 지 고민했다.

그런데 막상 인맥을 찾으려고 하니 딱히 한국 내에 떠오르는 인물이 없었다. 허탈한 마음에 중얼거렸다.

'너무 쉽게 생각한 것일까?'

원래 정치에 관심도 없었고 정치인의 모습이 혐오스러워 비즈니스를 하면서도 그 흔한 인맥을 만들지 못한 것이 막상 사건이 터지니 도와줄 사람조차 찾지 못했던 까닭이다.

현수의 막강한 재력과 비교하면 터무니없이 빈약한 연줄이 아닐 수 없다. 그렇다고 배진수의 부탁을 매몰차게 뿌리치기도 어려웠다.

그저 기가 막혀서 한숨만 나올 뿐이다.

이유야 어쨌든 진동운은 구해줘야 했다. 그의 부탁으로 이렇게 되었기 때문이다.

조폭의 선악에 대한 관점은 중요한 것이 아니다. 홍대 피렌체 사건은 그로 인해 발생했던 탓이다.

예전 진동운이 평소와는 다르게 조심스럽게 연락하던 그 목소리가 떠올랐다.

- 정회장. 내 말을 이상하게 듣지는 마쇼. 내 정회장의
부탁을 들어주기 싫어서 그런게 아니라, 요즘 우리 조직이
빠르게 성장하다 보니 주위에서 삐딱하게 보는 눈이 워낙
많은 편이오. 그깟 홍대 건물의 양아치들을 없애지 못해서
그러는 게 아니라 아무래도 이 부분은 좀 신중하게 생각해
야 하지 않을지….

- 실망이군요. 진사장님이 그런 약한 소리를 하시다니.
제가 진사장님과 인연을 맺고 처음으로 부탁을 한 것은 아
십니까?

그 때 그는 진동운과 연을 맺고, 처음으로 냉랭하게 진
동운을 향해 비웃었던 것으로 기억했다.

훗날 대한민국 전체를 접수했던 무투파의 진동운이 저
런 나약한 소리나 하고 있다니!

당연히 실망할 수밖에 없으리라. 결국 너도 조폭이구나.
이익을 위해서 움직이고 이익만을 위해 아양이나 떠는!

위선자 새끼!

하지만 지금은 왜인지 그 때 그 눈빛이 이해가 조금은
되는 그런 느낌이다.

다시 머리를 굴렸다. 가장 먼저 떠오르는 인물은 역시
빌 클린턴이다.

하지만 이내 지우개로 지워야 했다.

그는 미국의 대통령이다. 고작 이딴 일을 위해서 미국 대통령이 움직인다?

아무리 생각해도 웃음만 나온다. 그럼? 중국의 시진핑이나 러시아의 푸틴에게 연락해야 할까? 그것도 물론 아니다.

그렇게 결국 남는 곳은 AMC그룹의 회장 최상철과 현직 법무부 차관이라는 아영의 아버님이다.

허나 그가 아는 바로는 최상철도 한국 정치인들과 그다지 친분이 많은 인물이 아닌 것으로 알고 있다.

결국 아영의 아버님 뿐인가?

선뜻 내키지 않았다. 아직 결혼을 한 것도 아니고 특히나 아영을 확실히 책임진다는 마음도 없는 상황에서 누군가에게 빚을 진다는 것은 꽤 거북한 일인 탓이다.

하지만 방법이 없었다.

그는 아영을 불러서 현재 사정을 솔직하게 설명했다.

OB파를 풀어주거나 아니면 법정에서 최대한 감형을 받을 수 있게 부탁한 것이다.

100조를 향해서

NEO MODERN FANTASY & ADVENTURE

Part 19-4. Underpromise; overdeliver

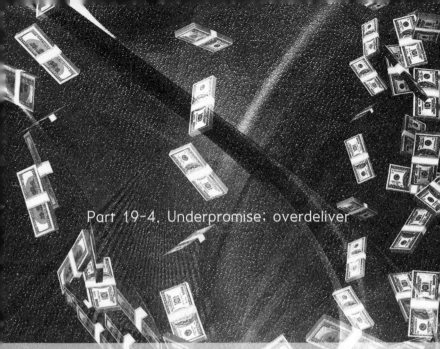

Part 19-4. Underpromise; overdeliver

얼마 후, 아영은 아버지에게 들은 말을 직접 전달했다.

"이번 건은 검찰총장의 입김이 들어간 문제라 아버지도 손대기가 힘든 것 같아."

"그럼 대체 이유는 뭐야? 갑자기 검찰이 왜 튀어 나온 거야?"

"아버지 이야기로는 정권의 레임덕 현상 때문에 시국 전환용 화제가 필요한데다 때마침 조폭이 백주 대낮에 깽판을 치고 언론에서 연일 떠드니 그 핑계로 잡아넣은 것이라 하던데?"

"결국 희생양이라는 뜻인가?"

"맞아."

193

"빼오는 것은 아예 불가능한 거야?"

"그건 아니고. 아버지도 오빠 체면 봐서 검찰 쪽에 이야기하겠다고 약속은 했어."

"그런데?"

"그런데 하필이면 현직 검찰 총장이 아빠와 정치적으로 반대 노선을 걷는 인물이라 그게 생각보다 만만치가 않다네."

"휴우, 어렵네. 아무튼 잘 좀 부탁할게."

아영은 동그랗게 눈을 뜬 채 미소를 띤 채 말했다.

"오빠! 그렇다고 너무 비관적으로 보지 마. 아직 재판 받고 기소하려면 시간이 많이 남았으니까. 그 사이에 잘 되겠지. 안 그래? 아무리 서로 불편한 사이라도 법무부에서 검찰 인사권을 가지고 있어서 검찰에서 눈치를 아예 안 볼 수 없거든."

"그럼 다행이구."

"그보다 오빠? 왜 그래?"

"뭐가?"

"흐흐. 조폭 비호나 하고. 대체 무슨 일이야? 울 아빠가 오빠 그 소리 듣고 안색 안 좋아진 건 알고 있어?"

"쩝! 체면 다 깎였네."

"소설 책 같은데 보면 재벌 정도면 어둠 속에서 막 지저분한 일 같은 것도 처리해주고 하던데? 그것 때문이야?"

"이 꼬맹이가! 대체 뭔 헛소리를 하는거야?"

현수는 기가 막히다는 표정으로 아영의 머리를 살짝 누르면서 언성을 높였다. 하지만 아영은 꿋꿋했다.

"그럼? 뭔데?"

"넌? 내가 설마 그런 양아치 같은 놈이라 생각하는 거야?"

"그럼 아닌가?"

"어휴. 말을 말자. 어떻게 너? 나한테 그렇게 말하냐? 주아영?"

현수는 나지막하게 한숨부터 내뱉었다.

아영이 장난처럼 언급했지만 살짝 의혹의 눈빛으로 쳐다본다는 것을 어찌 모르겠는가.

그래서 그냥 이 정도에서 모른 척 넘기기로 했다.

조폭에 대한 부분을 자신이 친절하게 아영에게 설명할 이유를 못 느꼈던 탓이다.

어쨌든 그가 조폭을 도와준다고 그가 사회적으로 문제가 되는 것은 아니지 않는가.

물론 OB파를 이용해서 어떤 사익을 도모했다면 몰라도 그는 그 정도로 타락하지는 않았다.

지난 번 한국에 왔을 때 그는 종우와 만나면서 종우의 절뚝거리는 한 쪽 다리를 분명히 본 적 있었다.

그 때는 친구의 입장을 난처하게 만들고 싶지 않아서 괜히 아닌 것처럼 극한의 인내심을 발휘하면서 참았던 것으로 기억한다.

또한 그는 이제 더 이상 일반인이 아니었다.

어느 사회든 지도자나 권력자에게 최우선적으로 요구되는 덕목은 인내심일 것이다.

그 후, 적절한 방법을 찾다가 OB파의 진동운을 동원했지만 결론은 예상치 못한 안 좋은 방향으로 흘러가게 된다. 친구의 복수도 못했고 약간의 죄의식도 솟구쳤다.

현수는 지갑 안쪽에 숨겨둔 작은 메모 수첩을 조심스럽게 펼쳤다.

최창섭… 그의 이름에서 시선이 멈추었다.

문득 폭발할 것 같은 감정을 다스리지 못하고 중국에 있는 최창섭의 핸드폰 번호를 누르고 싶은 충동을 느껴야 했다.

그 정체는 분노감이다. 벌써 두 번째다.

첫 번째는 찬형, 종우와 어느 막창 집에서 소주를 잔뜩 들이킨 후에야 열어 보았던 수첩이다.

'전화해 볼까?'

그가 나누어 준 돈으로 최창섭은 이미 상해의 푸동지구에서 '어둠의 왕' 이 되어 있었다. 막대한 현금을 바탕으로 십여 개의 대형 룸싸롱, 나이트 클럽, 안마 시술소 를 운영하면서 자연스럽게 상당한 세력을 쌓았다.

중국은 공산주의 국가이면서도 그 어느 나라보다 자본

주의적인 부패의 색채가 강한 나라이기도 하다.

그는 막대한 현금을 가지고 상해시의 고위 간부와 연줄을 만들었고, 돈이 필요한 거친 아이들을 동생으로 삼으며 이제는 완전한 대형으로 자리 잡았다.

현수가 수첩을 꺼냈던 이유는 다른 데 있지 않았다.

그는 찬형과 종우를 이 꼴로 만든 직접적인 원흉인 성동수를 아예 담가버릴 생각까지 했기 때문이다.

이유야 어찌 되었든 이 늙은이는 조폭간의 전쟁에서 유유히 빠져 나가서 여전히 잘 먹고 잘 살고 있었다.

가게를 멋대로 강탈하고 권력을 앞세운 채 황금의 탑을 쌓은 빌어먹을 악당이다.

젠장! 그래서 더없이 분노했다.

화가 치밀었다.

그의 이런 행위가 사춘기 10대 소년의 치기어린 감정의 폭주라 해도 개의치 않았다.

현수가 부탁하면 최창섭은 당장 내일이라도 중국 칼잡이를 보내어 성동수를 담그어 버릴 수 있었다. 그리고 다음 날 그들은 서해의 어느 바닷가에서 쪽배를 타고 중국으로 돌아가면 그 뿐이다.

가끔은 일탈을 하고 싶을 때가 있다.

악인은 반드시 벌을 받는다는 이솝 우화의 잔인한 동화 속 이야기를 떠올린다.

물론 나쁜 짓이다. 천하의 몹쓸 짓이다. 그가 그러면 그
가 그토록 싫어하던 부패한 권력자와 그가 무엇이 다르겠
는가.

그렇게 물끄러미 최창섭의 연락처를 응시하더니 가만히
지갑에 집어넣고 말았다.

양복 속주머니에서 붉은 케이스의 말보루 담배 한 개비
를 꺼내서 물었다. 그 매콤한 연기를 가슴에 품었다가 깊
게 내뿜었다.

마치 기차가 터널을 지나가듯 답답한 기분이 한 번에 뚫
리는 느낌이다.

＊

1996년 12월.

롯데 호텔 프랑스 식당의 쉔브론 특별실에 재계 서열 15
위인 한보 그룹의 총수 정태수가 당당한 걸음으로 홀 안으
로 들어오고 있었다.

이 날은 자신의 호를 딴 정암 언론 재단 창립을 위한 발
기식이 있는 날이었고 대학교수, 변호사 및 언론의 고위
간부는 축하의 박수를 마음껏 선사했다.

정태수는 최근 불고 있는 한보의 위기설을 일축이라도
하듯이 땅딸막한 체구와 달리 카랑카랑하게 마이크에 대

고 연설을 시작했다.

"…결국 사업은 열정이나 혹은 능력이 아니라는 겁니다. 본인은 젊은 시절 세무 공무원으로 일하다가 퇴직하여 우연히 인수한 몰리부덴 폐광이 마침 국제 원자재 시세가 폭등하는 바람에 많은 종자돈을 거머쥐게 되었습니다. 그 후, 한보 건설에서 강남구 대치동에 아파트를 분양했습니다. …하지만 예상과 달리 아파트는 대규모 미분양이 되는 탓에 당시 저는 거의 도산직전이었어요. 그런데 천운이 닿았는지 곧 부동산 광풍이 불면서 애물단지였던 한보 아파트가 황금으로 변했습니다. …능력? 배움? 기술? 그런 것들은 사업하는 데 있어서 모두 부차적인 것들에 불과합니다. 돈만 있으면 명문대학 나온 인재를 개처럼 부리고 첨단 기술을 가진 기업은 인수를 하면 그만이에요! 아무튼 그렇게 2번의 천운이 따르면서 저는 이렇게 한국에서도 손가락 안에 꼽히는 재벌이 되었다 이 말입니다. 그러니 결론은 세상만사 다 시운(時運)이 가장 중요하다는 것이오."

정태수의 말에는 카리스마가 있었다.

매우 오만하면서 광기도 내포되어 있다.

이런 정태수의 철학이 옳다 해도 주위에 서 있는 학자나 관료가 들을 때는 불쾌할 수 있는 연설이었다.

그럼에도 재벌 그룹 회장이 주는 위세는 이 모든 것을 포용하게 만드는 것일까?

이 촌스러운 연설에 뜨거운 박수가 이어졌고 정태수는 연신 침을 튀기며 다시 자랑을 했다.

그것은 어쩌면 광기처럼 보였다.

자신은 아직 살아 있다는, 비록 지금은 핀치에 몰려 있지만 현대 정주영의 예를 보듯이 '시련은 있어도 실패는 없다'는 교훈을 충실이 이행하는 모습과 닮아 있다.

정태수는 정치 권력이 수서 사건으로 감옥에 있던 자신을 빼준 그 때의 짜릿한 경험을 아직 잊지 못했다.

연설이 끝나고 관계자들과 기념 촬영을 하고 현장을 떠나는 정태수의 꼿꼿한 등허리만 보일 뿐이다.

그런 정태수의 거만함과 달리 한보 그룹의 자금난은 거의 막바지에 이른 상태였다.

한보는 구조적인 보틀넥(자금 병목 현상)에 걸려 있었다. 그 해 영업 이익을 몇 배는 초과하는 금융 이자를 은행에 갖다 바쳐야 했으니 그 어떤 뛰어난 수학자가 온다 해도 현재의 한보를 살릴 방법은 없었다.

정태수는 밀월 관계에 있던 정치 권력 패밀리를 너무 믿었다. 정치란 살아 움직이는 생명체다.

어제의 적이 오늘의 동지가 된다는 유명한 말처럼 이제 YS 정권은 불과 1년밖에 남지 않았다.

거기다 가장 중요한 선거가 곧 다가올 것이다.

그리고 1997년 1월 23일의 아침 해가 뜨자 한보 그룹이 부도가 났다.

대한민국에 미증유의 태풍을 몰고 올 이 사건은 결국 거친 폭풍과 비바람을 동반하기 시작했다.

한보의 부도 이유는 사실 간단했다.

수많은 채권단 중 모 은행이 어느 날 갑자기 더 이상 한보 그룹에 돈을 빌려주지 못하겠다고 손을 떼는 것이 발단이다.

그러니 자금 여력이 없는 한보는 부도가 날 수밖에 없었다. 이제 이 문제는 경제적인 관점을 넘어서 정치적, 사회적인 주목을 받아야 했다. 더구나 권력 주변에 추악한 냄새가 오랫동안 풍기던 진부한 소재였으니 이 사태의 조약돌이 연못에 던졌을 때 발생하는 파장처럼 점점 더 커져만 갔다.

90년대 말은 사회적 불만이 한층 고조되던 시기였다.

여야의 집권 경쟁이라는 큰 흐름까지 사건을 증폭시켰다.

물론 그 이면에는 경제 관료 VS 정치 가신이 지난 몇 년 동안 이(件)을 가지고 팽팽하게 대립한 내막도 있었다.

경제 관료인 청와대 참모진, 은행장, 경제 관료는 진작부터 한보를 손봐야 한다고 했지만, 여러 가지 금품으로 얽혀 있던 정치 가신 그룹이 정치적 여파를 우려해서 막았다는 게 정론이다.

그러다 결국 청와대 경제 수석인 이석채는 '망하는 데
는 은행도 예외는 없다' 면서 최종 결정을 내렸던 것이다.

＊

"네. 그래서 큰아버님은 괜찮으시데요?"

현수는 간만에 아버지와 국제 통화를 하면서 미소를 머
금고 있있다.

"그래. 지난달에 한보에서 명예 퇴직을 했으니 이 얼마
나 다행한 일이냐? 이번에 한보 그룹 부도나면서 큰 형님
이 어제 우리한테 고맙다고 몇 번을 말하더라."

미국와 한국의 시차 때문에 밤늦게 전화를 받은 정재동
은 시차도 잊은 채 활기찬 기색이 역력했다.

"큰 아버지가 직접 은행에 가서 보증 빼달라고 말한 것
맞죠?"

"은행에는 퇴직한다고 한보쪽에서 빌린 대출금에 대한
보증 날인한 件은 큰 형님 대신에 다른 이사가 승계 받은
모양이다. 저번에 은행 쪽에서 확약서도 받았어."

"서류가 있으면 문제 없겠네요."

"그래. 너 때문에 한시름 놓았구나."

현수는 회귀 후 하는 일이 너무 많아서 큰아버지 문제도
얼마 전에야 떠올랐다. 그래서 부랴부랴 전화를 걸어서 무

조건 한보에서 나오라고 전달을 했는데 다행이 큰아버지가 고집을 부리지 않고 똑똑하게 행동했으니 다행이 아닐 수 없으리라.

아직 금융 후진국인 한국은 비록 대기업이라 해도 금융권에서 대출이 나갈 때는 경영자와 임원의 인(人) 보증은 거의 필수였다.

이런 경우 기업이 정상적으로 경영이 되면 문제가 없지만 만의 하나 한보 그룹처럼 부도라도 나는 날에는 문제가 발생할 여지가 있었다.

금융권에서는 자산 매각 등으로 손실분을 다 처리하지 못하면 그 다음 순위로 연대 보증인을 한 경영주와 임원진까지 보상을 받을 때까지 순서대로 구상권을 건다.

그리고 그 부채는 개인이 절대 감당하지 못하는 수천억, 수조원에 달하는 경우도 있었다.

그 때문에 예전에 잘 나가던 큰 아버지가 재산을 다 뺏기고 쫄딱 망해서 하루아침에 길거리에 나 앉았던 것이다.

정재동은 껄껄 웃는 목소리가 들려왔다.

"근데 네 놈은 무슨 초능력이라도 가졌냐? 거 참, 내 자식이지만 신기하긴 신기해."

"흐흐. 초능력은 무슨! 아무튼 그러니까 아버지도 이제 어디 가서 함부로 싸인하지 마세요."

"그래. 알았다. 한보처럼 큰 기업이 하루아침에 날라 가는 데 세상일이라는 게 만만치 않구나. 그나저나 네가 한 국 안 들어와서 모르지 요즘 방송이나 신문이나 장난 아니 다. 경제 어렵다고. 그런데 너희 회사는 괜찮은거야?"

"걱정 마세요. 겉으로야 한보나 우리나 비슷해 보여도 재무적으로 확인하면 한국에서 우리 그룹처럼 튼튼한 곳 도 없어요."

"이 놈이 그래도! 세상살이는 호언장담하는게 아니야. 늘 겸손하고… 행동 조심하고. 주위에서 오나오나 너한테 굽신거린다고 착각에 빠지면 안 돼. 알겠냐? 아들아?"

"그 놈의 잔소리는! 흐흐. 아무튼 혹시 불편한 점 있으면 바로 이야기하세요. 회사에 말해서 조치 해드릴게요."

"걱정은 무슨! 경비원, 기사에 요리사까지 호강에 겨워 서 농담 아니라 죽을 지경이다."

"그럼 됐구요."

"… 그나저나 네 누나는 어디서 뭐하는지. 탐정을 써서 찾아봐도 안 보이니 어찌해야 할지 모르겠다."

현수는 투박한 음성으로 대꾸했다.

"시간 되면 나타나겠죠. 그 때 잘해주면 돼요. 너무 큰 누나 걱정 마세요."

"그래. 그래도 너밖에 없구나. 썩을 놈의 마누라나 둘째 놈은 맨날 싸돌아 다니기 바쁘고. 돈이 뭔지. 돈도 적당히 있으면 좋지. 너무 많아도 아무 의미 없구나."

"후후. 알았어요. 암튼 아버지, 들어가세요."

"그래."

현수는 큰누나 이야기를 듣자 다소 우울해졌다.

아무리 시대가 과거라 해도 사람을 고용해서 종적을 찾아도 나오지 않으니 현수라고 딱히 다른 특별한 방법이 없었기 때문이다.

그 후 그는 미래 뉴스가 담긴 USB 파일을 개인 금고에서 꺼내서 컴퓨터에서 열었다.

한보 그룹이 부도가 터지면서 앞으로 미래에 대해 예측이 중요하다 생각했기 때문이었다. 네이버 뉴스 라이브러리 파일이 담긴 USB 메모리는 어떤 이유인지 몰라도 연도별로 날짜가 뒤로 갈수록 손상된 범위가 늘어갔다.

대충 봐도 이제는 90% 이상이 먹물처럼 뉴스가 검게 변해 있어서 마치 보물찾기처럼 그가 정확히 원하는 뉴스 주제를 선택하기가 어려웠다.

그런 탓에 어쩌면 미래 뉴스를 이용할 수 있는 시기도 얼마 남지 않았다 생각할 뿐이다.

현수는 여전히 느린 부팅 로딩 시간을 지루하게 기다리면서 화면에 시선을 집중했다.

금리 · 환율 외환당국 개입 환율 952원 (1997.11.05)

韓銀(한은) RP 7천억 지원 실세금리 동반하락세

주가 상승과 금리 하락, 외환당국의 적극적인 달러화 매도 개입으로 원화값이 달러당 한때 952원까지 내려갔으며…

1달러=1,719원 '외환 위기' 지속 (1997.12.12)

12일 매매기준 환율은 전날보다 무려 156원이나 폭등한 1,719원 50전으로 고시됐다. 한 외환시장 관계자는『외환 공황상태가 진정될 기미가 없이 폭등세가 지속되고 있다』며『국제통화기금에 자금 요청 때문에…

IMF는 한국 역사에 있어서 가장 뼈아픈 사건이었다.

워낙에 언론에서 떠들었기 때문에 향후 사건 진행이 어떤 식으로 흘러갈지 대충은 알고 있었다.

단지 언제부터 원화 환율이 폭등하는지 그 시점만 몰랐다. 그런데 뉴스를 검색해 보니 올해 11월에 더 이상 버티지 못한 대한민국 정부는 국제 통화 기금에 달러를 지원 요청하고 그 소식이 알려지면서 환율이 폭등한 것으로 확인이 되었다.

현수는 바깥에 있던 마크 웰백을 급하게 호출했다.

"부르셨습니까?"

"지난번에 알아보라고 한 것은 어떻게 되었죠?"

"아? 다 만들었습니다. 그렇잖아도 보고하려고 했는데…."

현수는 앉으라는 손짓과 함께 손수 녹차를 타서 마크에게 건네며 입을 열었다.

"그럼 말해보세요."

"그러죠. …한국 외환 거래소는 원-달러와 원-엔화 시장으로 나눠져 있습니다. 허나 실질적으로 원-엔 시장은 의미가 없고 달러 베이스 시장만 활성화 되어 있습니다. 외환 중개는 금융 결제원 자금 중개실에서 결재를 하는 데 한국은행 및 외국계 한국 지점 은행, 종금사 등이 참여합니다. 그런데 문제는 조사를 해보니 한국의 현물환 하루 거래량이 고작 20-30억 달러뿐이더군요."

현수는 그 순간 쓴웃음을 지으면서 반문했다.

"20억, 30억 달러라니? 생각보다 적은데요?"

"네. 이 거래량도 은행의 자전 거래와 헷지 물량 빼고 단타 수량 제외하면 저희가 손댈 만큼 메리트가 있는 시장이 아닌 것으로 분석되었습니다."

"싱가폴에 개설된 원달러 NDF 역외 시장은 어떻습니까?"

"여기도 해봤자 하루 평균 거래량이 10억 달러입니다."

"그럼 유동성 문제가 걸릴텐데요? 그렇게 작나요?"

현수는 어이가 없는 지 한참을 말을 못했다.

이제 곧 IMF가 닥칠 것이다.

그리고 환율이 어떤 식으로 움직이는지 잘 알고 있었다. 당연히 돈을 버는 것은 누워서 떡 먹는 것처럼 쉬울 것이라 생각했다.

하지만 막상 시장 조사를 해보니 한국의 외환 시장 규모가 작다는 점이 딜레마로 다가온다.

규모는 수치로 비교해보면 좀 더 확실해진다.

S.FC. Stone. Investment의 리서치 직원이 조사해서 그의 책상에 올려놓은 '세계 외환 시장 동향 보고서'를 보면 전 세계에서 하루에 거래되는 외환의 거래량이 2조 달러라고 했다.

2조 달러면 2,000조에 가까운 돈이다. 그 중 한국의 외환 거래 규모는 일평균 20억 - 30억 달러였고 이는 0.12% 수준에 불과할 정도로 참혹했다.

영국이 일평균 6373억 달러, 미국이 3,509억 달러, 일본이 1,486억 달러니 비교가 아예 안 되는 수준이다.

이는 국민 총생산 GDP와 일평균 외환 거래량 비교해도 격차가 크다. 대부분의 국가는 GDP에 비해서 일평균 외환 거래량이 3-5%였지만, 한국만 유독 0.22%에 불과했던 탓이다.

현수는 단순히 미국이나 일본보다 외환 시장 규모가 작

아도 큰 무리는 없을 것이라 애초에 판단했었다.

하지만 이 정도 규모라면 그가 만약 이 시장에 손을 대는 순간 유동성 문제가 붉어질 공산이 컸다.

100조를 향해서

NEO MODERN FANTASY & ADVENTURE

Part 19-5. Underpromise; overdeliver

현재 그의 현금 보유고는 100억 달러에 달했다.

거기다 그가 마음만 먹는다면 그 이상의 달러를 빌릴 신용과 인맥도 있었다. 시티 은행장 같이 정점에 있는 인물이 괜히 아무 이유 없이 그와 전화 통화를 할 리는 없지 않는가? 그것이 바로 돈의 힘이었다.

이 자금으로 한국의 외환 시장에 뛰어든다면 이건 마치 다 큰 성인이 유아용 풀장에서 노는 꼴과 크게 다르지 않을 것이다.

골치 아픈 고민이었다. 그렇다고 이 기회를 놓치기도 싫었다. 어부가 물고기를 그냥 지나치는 것과 뭐가 다를까?

그러다 문득 떠오른 것이 있었다.

213

현수는 재차 USB 파일을 찾아서 클릭하다가 어떤 뉴스 하나를 열었다.

…소로스의 퀀텀 펀드는 재규어, 타이거, 퓨마 등 동물의 이름을 딴 헷지 펀드와 함께 태국, 인도네시아 외환 시장에서 상당한 성과를 남긴 후, 이번에는 NDF 역외 원달러 선물환 시장에 뛰어 들었다고 한다. 외환 전문가들 사이에서는 이번에 소로스 퀀텀 펀드로부터 유입된 자금이 무려 25-30억 달러에 이를 것으로 추정했는데…

그는 다시 마크를 응시하면서 질문을 던졌다.

"지금 바로 태국과 말레이시아, 인도네시아의 외환 시장을 체크해서 다시 보고해주세요."

"후후, 이번에는 동남아 쪽입니까?"

"글쎄요. 시기를 잘 맞춰 봐야죠."

"알겠습니다."

현수는 뜻 모를 미소를 감춘 채 말꼬리를 흐렸다.

✳

다음 날, 현수는 직원이 조사한 동남아 외환 시장의 보고서를 바탕으로 11월달은 되어야 시작될 한국의 금융 위기보다 우선적으로 이쪽에 관심을 기울이기로 했다. 여기에는 위기 발발 시점, 국가 환경, 외환의 유동성까지 모두 고려한 결정이었다. 우습게도 태국, 말레이시아, 인도네시아 외환 시장이 한국보다 몇 배는 더 컸기 때문이었다.

현수는 100억 달러의 잠자고 있는 현금 중 30억 달러의 자금을 싱가폴의 시티 은행으로 송금했다.

IMF라고 명명된 금융 위기는 기실 한국에서부터 시작된 것이 아니다.

1997년 3월 태국 정부는 다뉴 은행과 Finance One 신용금고를 강제로 합병시키는 결정을 한다.

은행 합병의 여파 때문일까?

국민들은 동요했고 태국에서는 그 날 이후로 하루 만에 총예금의 9%에 달하는 100억 바트가 인출되기 시작했다. 이른바 뱅크 런 Bank Run이다.

그 때문에 금융기관의 유동성은 급격하게 부족해졌다.

사실 태국의 금융위기는 표면적으로는 뱅크 런이 발단이 되었지만 그 속을 세세하게 보면 오랫동안 누적된 무역 적자와 부패한 금융 시스템 등 다양한 문제가 복합적으로 내재되어 있었다.

그 후, 외국 투기 세력까지 여기에 합세하면서 태국 바트화는 평가절하가 시작되었다. 태국은 동남아의 리더다. 그러니 태국의 위기는 인근의 말레이시아, 인도네시아,

필리핀, 홍콩의 경제까지 영향을 미치면서 마치 산불처럼 연쇄 반응으로 번지게 된다.

✳

금융 위기의 진행 방향을 인지하고 있는 현수는 태국 바트화, 말레이시아 링깃화, 인도네시아 루피아 등 3종류 외화를 목표로 하락에 베팅을 하며 물량을 매집했다.

그는 S.FC. Stone 산하의 전문가 그룹을 이용해서 투자금을 분산하고 적절하게 현물환과 선물환, 외가 Option을 섞으면서 일부 Hedge 및 Positioning Screen 작업을 끝마쳤다.

어쨌든 이때만 해도 한국 외환 시장보다 오히려 동남아 외환 시장의 규모가 몇 배는 더 컸으니 참 우스운 일이 아닐 수 없으리라.

현수는 소로스의 퀀텀펀드와 마치 작전이라도 짠 것처럼 비슷한 행보를 보여주었다. 아니, 좀 더 정확히는 소로스 펀드보다 더 먼저 매집하고 베팅을 했으니 전략적인 First follower가 아닌, First Mover로서 선구자 역할을 했다.

물론 어떤 이는 거대 해외 자본의 농간에 맞서 싸우는 정의의 모습을 그에게 기대할지도 모른다.

하지만 세상은 만만치 않다.

그것이 단기 투기성 자금의 운용이라지만, 소로스나 현수는 모두 합법이라는 사각의 복싱장 안에서 냉정한 이익을 추구하는 도박사일 뿐이었다. 도박은 철저하게 제로섬 게임이다. 이기지 못하면 남는 것은 파멸밖에 없다.

소로스의 선악을 결정짓기 전에 고작 헤지 펀드를 막지 못한 허약한 체질의 한국과 동남아 국가를 비난하는 것이 옳지 않을까?

✳

현수는 싱가폴의 외환 베팅 작업을 끝마치자 바로 나스닥 시장으로 고개를 돌렸다. 그가 나스닥에 관심을 가진 이유는 간단했다. 최근 3개월간 미국 언론에서는 끊임없이 IT 주의 거품론이 흘러 나왔고, 그 때문에 나스닥의 유망 종목들이 예상보다 더 많이 가격 조정이 되었기 때문이다.

현수는 간만에 긴 시간에 걸쳐서 기업 분석 및 주위 환경, 재무 재표에 각종 기술적 분석까지 검토하는 데 며칠 동안 공을 들였다.

그의 목적은 단 하나다.

과연 지금 매입하는 것이 옳은지? 혹은 좀 더 있다가 진입하는 것이 맞는지?

보다 객관적인 비교를 위해서다.

그가 아는 사실은 올 하반기에 아시아 금융위기의 여파로 단기적으로 미국 증시가 조정 받을 확률이 꽤 높다는 점이다. 그런 관계로 현금이 넉넉했음에도 지금까지 인내심을 가지고 기다렸던 것이다.

허나 현재 시스코나 MS, 야후의 영업 이익률이나 차트를 분석해 보면 훗날 크게 조정을 받더라도 – 지금 종가보다 올해말의 종가가 더 높을 것이라고 개인적으로 생각했다.

'지금이 가장 적기인가?

그는 갈등 끝에 결국 시스코에 20억 달러, 마이크로 소프트에 20억 달러, 야후에 10억 달러를 더 추가 매입하는 결정을 했다.

한편, 최근 들어 래리 페이지와 세르게이 브린이 인터넷 백링크 검색 기술을 특허를 정식으로 취득하면서 둘은 의기투합이 되더니 인터넷 비즈니스에 강한 의욕을 보였다.

요즘 들어 만나면 주제는 늘 검색 기술에 대한 토론뿐이었다.

그리고 이 때를 기다리던 현수는 그들에게 자금 지원을 조건으로 손을 내밀었다. 당연히 래리와 세르게이는 기쁜 마음으로 반겼고 그렇게 그 세 명은 비즈니스를 하기로 마음먹었다.

현수는 구글의 경영권에는 크게 관심은 없었지만, 지분을 확보하는 것에는 확실히 꽤 흥미를 느꼈다.

다른 곳도 아닌 구글이기 때문이다.

✳

"하하. 현수씨! 당신은 나에게 감사해야 할 겁니다. 공모 주간사는 Salomon Brothers로 정해졌습니다."

"성공을 축하드립니다. 제프 베조스씨."

"정말 꿈만 같아요. 이 기쁨을 어떻게 나누어야 할지 모르겠어요."

제프 베조스는 보통 때와는 다르게 굉장히 들떠 있었다.

그는 활기찬 음성으로 자신이 지금의 Amazon을 만들기 위해 얼마나 노력했고, 투자가는 어떻게 설득했는지, 증권 거래소 심사의 준비한 과정에 대해 자화자찬을 늘어놓으며 연신 껄껄댔다.

그럼에도 현수는 오늘만큼은 그의 이야기를 기분 좋게 들어주면서 수화기를 먼저 끊지 않았다.

그 이유는 간단했다.

Amazon이 마침내 미국 증시 나스닥에 상장 준비를 시작했기 때문이다.

시간은 유수와 같이 빠르게 흘러갔다.

미국 벤처 기업 중 탑 순위를 달리던 Amazon은 3월 24일이 되자 미국 증권 위원회(SEC)에 필요한 서류를 제출했다. 또한 관련 연방 규정에 따라 회사의 주식 10%를 3천 3백만달러로 첫 공모를 실시했다.

그리고 3월 27일에 마침내 첫거래를 시작했고 시가총액은 3억 달러로 정해졌다.

최근 미국에서는 인터넷 거품론이 조금씩 고개를 들었지만 Amazon은 작년 매출만 15,700,000달러로서 웬만한 오프라인 대형서점보다 큰 실질적인 이익을 내는 상황이었다.

그럼에도 아직까지 주가에 대한 전망은 불투명한 것이야후나 CNET 등 최근 주가가 10% 이상 조정을 받는 상황이라 상장 시기가 그리 좋은 편이 아니라는 평가가 존재했다.

거기다 보더스나 반스앤노블 같이 대형 도서 유통 업체들이 잇달아 인터넷 가상 서점에 뛰어드는 것도 불안한 요인일 것이다. 아무튼 아마존이 단기간내에 성장함으로서 현수의 투자 안목에 대해 S.FC. Stone 내에서 이제는 의심하는 이들은 전혀 존재하지 않았다.

E-Bey의 경우 아직 주식 분산 요건이나 몇 가지 규정 미비로 1-2년은 더 있어야 상장이 가능할 것이라는 예측이다.

그럼에도 비상장 벤처 주식 중에 E-bey 는 새로운 사업 모델로 인정받으면서 날이 갈수록 가치 평가가 높아지는 형편이었다.

현수는 IMF가 들이 닥치기 전에 AMC그룹의 지분 9.5%를 재차 해외 투자 기관에게 블록 딜 형식으로 처분했고 다시 15억 달러에 해당하는 현금을 만들었다. 어차피 나중에 AMC그룹 중 일부 기업은 상장까지 고려를 해야 했기에 지분 분할이 필요했다.

삼성 그룹의 이건희 회장 일가처럼 2-3%의 지분율로 그룹을 유지하는 것도 문제지만, 그처럼 대주주의 높은 지분율은 추후 경영을 할 때 적지 않은 단점이 노출된다. 그러니 필요할 때 현금화시켜서 다른 곳에 투자하는 것이 오히려 더 나았던 것이다.

그렇게 3차례에 걸친 지분 매각과 여러 번의 유무상 증자를 거쳤음에도 여전히 AMC그룹에 대한 그와 그의 부모님 합계 지분은 36.4%나 이르렀다.

또한 S.FC. Film에서는 최근 좋은 소식이 들려왔는 데 바로 엊그제 크리스토퍼 놀란 감독의 '메멘토'가 첫선을 보이면서 첫 주부터 1위를 찍으며 쾌조의 출발을 보였기 때문이었다.

그리고 5월에 데스 노트도 곧 개봉 예정이다. 듣기로는 이제 막 후편집이 끝났다고 보고를 받았고, 내부적으로 스토리가 좋아서 데스 노트도 기본적으로 3천개 이상 개봉관을 잡기로 합의를 본 상태다.

만약 메멘토, 데스노트, 디스트릭 9이 그의 예상대로 흥행에 성공한다면 S.FC. Film도 한 단계 더 도약하는 발판이 될 것임은 틀림없었다.

이런 저런 생각에 잠을 뒤척인 현수는 새벽부터 일어나 뜨거운 블랙커피를 마시며 생각에 잠겼다.

그러다 간만에 재산 목록을 확인하기 위해서 만년필로 메모를 시작했다.

1) Corperation

AMC 지분 가치 (추정) : $ 5,800,000,000

(유코스 오일 지분 및 美 방산업체 지분 포함)

Sub Total : $ 5,800,000,000

2) Stock

Cisco Systems Inc : $ 2,273,500,900 (7% UP)

MicroSoft Corp : $ 2,320,000,000 (6% UP)

Yahoo Corp : $ 1,173,400,620 (3.5% UP)

Amazon Corp : $ 128,000,000 (618% UP)

E-bey Corp : $ 50,000,000 (비상장 : 추정치)

Debre Corp : $ 1,000,000,000 (비상장 : 추정치)

S.FC. Film : $ 490,000,000 (자산 재평가 요망)

Sub Total : $ 7,924,901,520

3) Account

AMC 지분 매각 금액 : $ 1,500,000,000

싱가폴 통화 선물 예수금 : $ 3,000,000,000

현금 계좌 : $ 2,000,000,000

Sub Total : $ 6,500,000,000

Total : $ 20,224,901,520

'200억 달러! '

그는 마른 침을 조심스럽게 삼켰다.

마이크로소프트의 빌게이츠가 얼마 전 350억 달러로 세계 1위 부호라는 뉴스를 본 적이 있다. 그리고 한국에서는 아마 정주영이 유일하게 13억 달러로 195위에 랭크 되어 있었던 것으로 기억했다.

200억 달러면 한국 돈으로 대충 18조원이다.

물론 위에 드보레나 S.FC Film지분, 선물 계좌의 명의는 엄밀하게 말하면 자신이 아니라 S.FC. Stone명의였으니 계산법이 잘못된 것이 맞았지만, S.FC. Stone자체가

100% 자신의 회사였기 때문에 크게 다를 것은 없었다.

가장 눈에 들어온 부분은 현금 계좌였다.

불과 얼마 전에 100억 달러가 있다가 겨우 35억 달러밖에 없어서 약간 초라한 느낌이지만, 이제는 당분간 투자하지 않을 생각이다. 그렇게 생각하니 또 크게 적은 금액도 아니리라.

어떤 때는 한 눈 팔지 않고 그저 묵묵히 손에 현금을 쥐고 있는 것이 더 이로울 경우가 있다. 그리고 지금이 그 시기였다.

＊

한보 사건으로 YS는 끊임없는 의혹을 낳았고 YS정권은 사방팔방에서 공격을 받고 있었다. 야권에서는 특별 검사제 도입과 한보의 진실 규명을 원했고 결국 이 복잡한 대선 정국을 타계하기 위해 이미 책임을 지고 물러난 이수성 前 총리는 YS에 의해서 다시 신한국당 고문으로 지명되기에 이르게 된다.

경제의 흐름은 이 사건이 진행되는 와중에도 여전히 위기의 징조를 내포하는 중이다.

97년 1월, 2월 두 달 동안 55억달러라는 천문학적인 무역 수지 적자를 기록했기 때문이었다.

YS는 기실 오랫동안 정치판에서 몸을 담은 탓에 경제 쪽은 문외한이나 다름없었다. 그는 노회한 정치인이 흔히 그렇듯이 – 국민에게 눈에 쉽게 보여줄 수 있는 결과물을 원했고, 그 중 가장 효과적인 유인책인 환율 절상을 통해서 1인당 국민소득의 가시적인 거품을 만들어내는 것이었다.

하지만 실질적인 소득의 성장이 없는 환율의 눈속임은 잠재된 시한폭탄과 크게 다르지 않았다.1997년 3월 15일.

YS는 내각 개편을 단행했고 경제 부처 장관 등 10명의 경제 각료를 경질하면서 환골탈태를 하기 위해 노력했다.

하지만, 이와는 상관없이 연이어진 재앙의 시나리오는 어김없이 그대로 펼쳐졌다. 파산의 도미노가 시작된 것이다.

그 두 번째 대상은 바로 삼미 그룹이다. 동남은행과 서울은행은 삼미 그룹의 주력 기업인 삼미 특수강의 어음 11억 1천 9백만원을 부도 처리하고야 만다.

또 하나의 재벌 그룹의 몰락이다.

삼미 그룹은 재벌 순위 26위였고, 1996년말 기준으로 자산 2조 5천억, 매출은 1조 4천 9백억, 2천 5백억 가량의 손실을 낸 상황이었다.

물론 삼미의 도산 원인은 역시 막대한 부채 때문이었는데 이를 기다렸다는 듯이 언론에서는 십자 포화를 갈겨 쓰면서 정의를 파헤쳤다.

– …이와 같이 삼미 그룹에 대해서 '정치권의 실세'가 뒤를 봐주고 있다는 주장이 지난 수년간 끊임없이 제기되었으며 법정 관리 신청을 계기로 이 같은 의혹이 한꺼풀 더 풀릴 것으로 기대된다. 제기되고 있는 정치 커넥션은 김양삼 대통령의 차남 김현철과 김현배 삼미 그룹의 회장을 지목하고 있으니…

– 한 포항제철의 고위 임원의 인터뷰를 들어보면 '삼미 측이 현철씨를 믿고 그랬는지 몰라도 원자재 외상매각대금 9백억을 탕감해달라는 어처구니없는 제안'을 요구하기도 했다. 뿐만 아니라 포항제철이 누적된 적자로 껍데기뿐인 삼미의 창원 공장, 북미 공장의 인수협상 대상자로 나서게 된 이유도 현철씨의 '경영 연구회' 때문이라고 했다.

한번 심지에 불이 붙은 흥미로운 소재거리는 점점 더 그칠 줄 모르고 타들어가기 시작했다.

그 외에도 여러 가지 의혹으로 김현철에 대해서 국민적인 공세가 더해졌고, 검찰은 수많은 회의 끝에 김현철 게

이트의 장본인을 결국 소환해서 구속시켰다.

하지만, 피의자 김현철에 대한 영장청구 혐의 사실 때 어디에도 한보의 관련된 범죄 내용은 없었다.

김현철은 그저 33억 2천만원에 대한 알선 수재와 13억 5천 만원의 증여세 포탈 혐의라는 사법적 응징만 받았을 뿐이다.

6월이 되자 한보 사태와 김현철 게이트는 점점 미디어의 지면에서 할당되는 면이 사라져갔다.

그렇게 불연속성 기류에 휘말렸던 한국 경제는 조금씩 방향을 찾는 듯 했다.

100조를 향해서

NEO MODERN FANTASY & ADVENTURE

Part 20-1. Hope is a waking dream

한신 공영이 부도를 내고 쓰러졌음에도 종합주가지수는 희한하게도 계속 상승세를 탔다.

그리고 6월 2일에는 국내 증시는 역사상 2번째로 많은 거래량인 8천 4백만주를 기록하게 된다. 통산 산업부가 발표한 5월 수출입 동향을 보면 5월의 무역수지는 6억 8천 6백만 달러로 최근 11개월 동안 가장 낮은 수치를 보였던 것이다.

하지만, 이런 장밋빛 전망과 달리 금융권은 재계 서열 8위 기아 그룹 문제로 초비상에 걸려 있었다.

금융권 총부채 9조 4천억, 계열사 38개, 협력업체 5천개를 가진 기아 그룹의 부도는 한보 그룹과는 차원이 다른 문제였다. 기실 기아그룹의 부도 위기는 기아 특수강에 무리한 투자 및 자동차 사업의 욕심에 따른 삼성 그룹의 통제, 강성 노조의 장기 파업 등 복합적인 원인이 존재했다. 하지만 직접적인 원인은 그보다는 제 2금융권의 무차별적인 여신 회수 때문이라 할 수 있다.

사실 기아는 한보보다는 재정 상태나 성장 전망, 이익률이 나쁘지 않았음에도 이미 한보 그룹에 크게 물린 제 2금융권에서 사체석으로 블랙리스트를 작성했고, 거기에 기아가 시범 케이스로 걸린 것이다.

따지고 보면 삼미, 진로, 미도파가 자금 핀치에 몰린 것은 한보의 도미노 효과라 할 수 있다.

그래서 결국 주거래 은행인 제일은행은 기아 그룹의 18개 계열사에 한해서 '부도방지 협약대상기업'으로 선정하게 된다.

하지만 그 때문에 금융권은 엄청난 적자를 감수할 수밖에 없었다. 1997년 상반기에만 제일은행은 3천 5백억의 적자를 기록했다.

글로벌 금융 기관들은 한국에 대해 의심의 눈초리로 신용 평가서를 다시 작성하기 시작했고, 이 때 권우하 제일은행 상무는 언론에서 이렇게 토로를 했다.

- 상황이 예상보다 훨씬 더 심각합니다. 일단 한국계 은

행은 해외에서 자금 조달시 1개월 혹은 3개월짜리 거의 빌릴 수가 없습니다. 하루짜리 단기 자금조차도 기준금리인 리보(런던은행 금리)에 0.5% 프리미엄을 더 붙여서 구하고 있습니다. 불과 반년전만 해도 6개월짜리에 붙는 프리미엄이 0.25~0.30포인트 정도였으니 기가 막힌 노릇이죠.

어디 그뿐인가?

7월 24일에는 미국의 신용평가기관인 무디스는 4개 국내 은행을 A1 '안정적'에서 A1 '부정적'으로 변경했고 한국전력과 한국통신등 정부 투자 기관까지 전부 신용등급을 하락시켰다.

파장은 여기서 그치지 않았다.

미국 연방 준비 제도 이사회인 FRB에서는 8월초에 외국은행 감독관을 한국에 보내 한국은행의 신용상태를 재평가하기로 했다.

물론 표면적으로는 주택 은행의 뉴욕 사무소 지점 승격에 따른 다양한 문제 협의로 알려져 있지만 사실 은행의 지점 승격에 따른 한국 정부의 보증을 새롭게 요구한 것이다.

한국 정부 입장에서 보면 자존심이 바닥에 떨어질 만큼 감정이 상하는 일이 아닐 수 없으리라.

"찬형이 사건은 어떻게 진행 되고 있죠?"

법정으로 들어가면서 던진 현수의 물음에 최상철은 부드럽게 미소를 머금으며 말했다.

"회장님도 알다시피 박찬형씨 기소건은 처음에는 저희 그룹 법무팀에서 지원을 하다가 최근에 태평양 법무법인 소속의 전직 서울 지검장으로 비꾼 상황입니다."

"그래요? 잘했어요."

"아닙니다."

"아무튼 그 사람? 실력 있는 것은 확실하죠?"

"그럼요. 수임료가 세서 그렇지. 불과 2년 전까지 지검장이었으니 비싼 만큼 가치를 하는 인물입니다. 그 사람 말로는 이쪽 바닥이 대부분 선후배출신이라 크게 걱정하지 않아도 된다고 하더군요."

"피렌체의 총괄 매니저였다는 그 사람은? 만나 봤습니까?"

"그게…"

현수는 약간 못마땅하다는 투로 핀잔을 줬다.

"그 사람이 이번 소송의 Key라는 것은 알 것 아닙니까? 돈은 얼마를 쓰든 잘 처리를 하라고 말하지 않았나요?"

"그 쪽도 잘못하면 무고에 사기죄로 덤탱이를 쓸 염려

가 있는 지 저희 쪽 대리인과 만나는 것을 극구 회피하는 탓에 쉽지가 않았습니다."

"그래서요?"

"그래도 다행인 점은 김준수쪽도 뒤늦게 후회하는지 성동수쪽의 부탁도 거절할 모양이더군요. 그러면서 증언 번복을 하는 진술서를 저희 쪽에 보내면서 미안하다고 잠수를 탈 예정이라고 했습니다."

"그래서요? 그럼? 검찰 쪽에서 기소한 가장 강력한 증인이 사라진 것이 되겠네요?"

"네. 그러니 미성년자 성매매 件은 무죄가 될 가능성이 높다고 합니다."

"그쪽에서 내세운 여자 애들은?"

"……."

"성동수가 혹시 또 손 쓴건 아니겠죠?"

"설마 그럴 리가요? 김준수와 함께 이번에 거짓으로 연극을 한 여자 아이들도 이미 적당한 입막음을 했기 때문에 증언대에 나서지 않을 겁니다."

원래 성동수의 계획은 박찬형의 가게를 강탈하기 위해서 피렌체의 매니저 김준수와 미성년자 여자애 두 명을 금전으로 포섭 후, 찬형을 엮어버리는 함정을 짰다.

그러나 뒤늦게 상대가 AMC그룹인 것을 알게 된 그들은 겁에 질려서 고민 끝에 아예 이번 건은 손을 떼기로 결정하게 된다.

그러니 증인으로 나오기로 한 계획은 별 일이 없으면 수포로 돌아갈 공산이 컸다.

가장 좋은 방법은 직접 그들이 법정에 출두해서 찬형의 무고를 증명해주는 것이지만 이것은 자신들의 사기를 스스로 인정해야 하는 관계로 쉽지 않았다.

적정선에서 타협이다.

현수는 눈을 찡그리더니 또릿한 어조로 대답했다.

"그나마 다행이군요."

"곧 시작 되려나 봅니다. 일단 앉으시죠."

현수는 서울 서부 지방 법원 신별관 204호 법정에 들어섰다.

재판정 앞에는 찬형이 약간 침울한 기색으로 먼저 와 앉아 있었고 바로 옆에는 종우가 반갑게 그를 맞이했다.

"현수? 왔냐?"

"그래."

"별 일 없겠지?"

"걱정 마. 다 잘 될거야."

"그래. 그러면 됐어. 네가 있으니 정말 다행이다."

"자식!"

주위는 다소 적막한 느낌을 주고 있었다. 판사는 저 높은 곳에서 법복으로 권위를 갖춘 채 위에서 내려다보는 시선으로 재판을 빠르게 속행했다.

찬형이 법적으로 걸려 있는 기소건은 총 3건이었다.

그 중 첫번째는 야구 방망이로 조폭 몇 명을 팬 쌍방 폭행죄였다. 하지만 정식으로 재판이 진행되면서 OB파가 움직였고 그 때문에 유성파에서는 이쪽까지 신경을 쓰기 힘들었다.

거기다 이미 찬형쪽에서 합의를 위해 상당한 거액을 제시하는 노력도 보여주었다.

결국 상대의 정체가 최근 TV에 대대적으로 폭로된 유성파의 말단 조직원임을 인정한 재판부에서는 찬형에게 벌금 5백 만원을 선고하는 선에서 사건을 종료시켰다.

다른 하나는 구청에서 불법 건축물 개조를 원인으로 영업 정지 3개월을 때리는 사건이었다. 이 역시 검찰에 고발을 했는데 벌금 3백 만원을 내야 했다.

그러나 가장 중요한 미성년자 성매매건이 아직 해결 되지 않았다.

검찰의 기소가 이어졌고 수많은 변론과 항고를 거치면서 어느덧 지금까지 온 것이다.

판사는 낭랑한 목소리로 결정을 내렸다.

"자! 그럼 사건 번호 1996 고합 9031 피고인 박찬형의 미성년자 성매매 알선죄에 대해서 선고를 하겠습니다……
그런 관계로 법률 13조와 21조에 근거하여 당시 CCTV의

237

기록 및 검찰에서 내세운 증인의 진술 번복, 조직폭력배가 임차인의 영업장에 침범한 정황 등으로 볼 때 검사의 기소 사건에 대해서 유죄로 인정할만한 합리적인 증거가 없다고 판단하는 바! 피고 박찬형의 무죄를 선고한다."

짝, 짝, 짝, 짝.

박수 소리, 안도의 한숨, 격려하는 표정, 사무적인 서기, 흥분하는 관계자들의 그림을 끝으로 재판은 끝이 났다.

❋

"자식! 고생 많았다!"

"흐흐! 그래. 그래. 고생 많았지."

"자! 마시자!"

"건배!"

"씨발! 너희는 모를 거야. 내가 얼마나 쫄렸는지…."

"병신 새끼!"

기름진 삼겹살은 지글지글 타면서 불판 위에서 스트립 쇼를 벌이고 있었고, 그 앞에서 현수와 찬형, 종우는 언성을 높이면서 마음 껏 떠들고 있었다.

"아줌마! 여기 소주 3병 더 줘요!"

"3병?"

"네!"

"그나저나 찬형이 이 자식! 완전히 오늘 폭주하네?"

"어쩌겠냐? 그럼? 오늘은 술이 술술 받는 걸?"

찬형이 연신 소주를 입에 붓자, 현수는 기묘한 표정을 드러내면서 그를 보았다.

"왜?"

"왜기는! 잘못하면 구속될 뻔했는데 당연한 것 아냐? 거기다 젠장! 믿었던 형이라는 놈이 돈 때문에 내 뒤통수 까는 데 대가리에 스팀 안 나는게 다행이지."

"이런! 입이 시궁창이야? 네 기분은 알겠는 데 좀 적당히 하셔."

"흐흐. 그런가?"

"그래. 임마!"

"그나저나 피렌체는 앞으로 어떻게 할거야?"

"글쎄? 그 영감은 여전히 살아 있고 분명히 또 만나면 껄끄럽기는 한데 그렇다고 내가 거기에 돈을 얼마나 발랐는데 이대로 물러나겠냐? 안 그래?"

"괜찮겠어?"

"뭘?"

"뭐기는!"

종우는 약간 걱정된다는 모습으로 구두발로 담배를 끄면서 묻고 있었다. 그러자 현수는 종우의 어깨를 감싸면서 호탕하게 웃었다.

"찬형아. 그 꼰대 영감 앞으로 절대 그럴 일 없으니 앞으로 계속 피렌체 운영해도 될 거야. 너무 걱정마."

"그게 무슨 뜻이야?"

"이럴 것 같아서 내가 약간 힘 좀 썼지."

"힘?"

"그러니까 앞으로 나한테 너희 둘은 형님이라고 불러라. 알겠지?"

"뭔데? 너 혹시? 또 이상한 양아치들 데러가서 그 영감 협박한 건 아니겠지?"

"쯔쯧! 아주 열혈 투사 나셨네? 왜? 그러면 안 될 것은 또 뭔데?"

현수의 빈정대는 모습에 찬형은 소주잔을 탁자 위에 치면서 강한 어조로 불만스럽다는 행동을 드러냈다.

"야! 정현수!"

"왜? 거 참! 시끄러워 죽겠네."

"난 그런 것 딱 질색인거 알지?"

"알아. 안다고! 흐흐 혼자서 고상한 척 하기는! 그건 아니고 사람 시켜서 뒷조사해보니 그 영감 탈세한 게 한 둘이 아니더라고. 그래서 복사한 자료 영감 집에 보냈더니 아주 사색이 되어서 협상하자고 하더라."

"그래서?"

"그래서는! 아 몰라!"

"헛소리 하네? 나도 존심이 있는 데 에휴. 말을 말자. 네가 내 심정을 알아?"

"꼴갑은! 이건 도와줘도 싫다네."

"뭐 병신아? 재수 없게. 몰라! 술이나 마셔! 원샷 원킬이다. 한 잔이라도 남기면 뒈질줄 알아?"

"큭큭! 이 자식 내가 미국에 있을 동안 술 엄청 늘었나?"

"그래! 늘었다 어쩔래?"

이미 초저녁부터 세 명이서 소주를 7병 이상 마신 탓에 세 명은 잔뜩 취한 채 얼굴은 잘 익은 홍시처럼 변해 있었다.

강남역 뒤편의 허름한 삼겹살 집에는 건장한 청년 세 명이 고함을 치면서 껄껄대자 옆에 있던 몇 몇 얌전하게 식사를 하던 이들은 마치 못 볼 것을 본 것처럼 애써 무시했다.

"아! 진짜 내가 계산한다니까!"

"오늘 나 때문에 너희가 왔으니 내가 쏴야지. 안 그렇냐? 현, 현수야?"

"미친 놈들!"

찬형과 종우는 서로 삼겹살 값을 계산한다면서 서로 밀치고 카운터 앞에서 진상짓을 잔뜩 부렸다.

현수는 재밌다는 투로 둘을 보더니 피식 웃으면서 구두주걱으로 구두를 신었다.

"자! 이제 어디 갈래?"

"어디 좋은 데 없냐?"

종우는 껄껄대면서 언성을 높였다.

"왜? 여자랑 하고 싶냐? 형이 이 근처 좋은 룸싸롱 아는데 거기 갈까?"

"별로! 쪽팔리게 무슨 룸싸롱? 우리가 아저씨냐?"

"네가 몰라서 그래. 그런데 가면 여자들이 아주 서비스가 작살이라니까."

찬형은 주머니에 손을 넣은 채로 말을 끊었다.

"나도 싫어. 나이트 어때? 간만에 춤이나 때려 볼까?"

"애냐? 큭큭! 노땅이라고 삔찌 맞을 걸?"

"아! 씨불! 그럼 어디?"

그 셋은 서로 의견 일치를 보지 못하고 한동안 대로변에서 담배를 태우면서 서성거렸다. 긴 재판에 따른 피로감일까. 평소보다 더 걸쭉하게 욕을 하는 모습이 특이할 뿐이었다.

그 때 현수의 모로롤라 스타텍에 전화벨이 연신 울려댔다. 그는 탁한 어조로 핸드폰을 받았다.

"현수냐?"

"누구야?"

"누구기는! 나 민혁이다. 짜샤!"

"어? 네가 웬일로 전화를 하고 그래?"

百을 향해서 6

"아영이한테 들었어. 너 한국 들어 왔다며?"

"그래. 좀 되었지. 어때? 넌 잘 지내냐? 너도 한국?"

"응."

"너? UCLA에 붙었다고 하지 않았어?"

"그랬지. 근데 아버지 회사 일 때문에 어쩔 수 없이 한국에 들어 왔어."

"그래?"

"그보다 식사나 한번 하지 그래?"

"식사? 뭐 나쁠 건 없지."

민혁은 언성을 높이면서 카랑카랑하게 되물었다.

"넌 지금 어디야? 왜 이렇게 잡음이 심해?"

"아? 여기? 강남역."

"그래? 그거 잘 됐네. 우리도 지금 압구정동에 있는데 여기로 올래?"

"뭐하는 곳인데?"

"뭐하기는 좋은 곳이야."

"그럴까?"

※

강남 압구정동의 갤러리아 명품관 주위로 SM엔터테인먼트가 보이고, 그 맞은 편 대로변 라인에는 명품 거리로 최고급 옷가게가 즐비하게 늘어서 있다.

그리고 그 뒤편으로 주택가와 혼재 된 고급 카페와 레스토랑이 드문드문 존재한다.

그들은 비탈진 언덕에 위치한 민혁이 언급한 고센이라는 고급 카페에서 택시를 정차시킨 후, 좀 더 안쪽으로 걷기 시작했다.

셋 다 술에 꽤 취한데다 차를 두고 온 탓에 모처럼만에 꽤 걸어야 했다.

"대체 어디야?"

"좀만 더 가보자."

그리고 얼마 후, 어반 가든 Urban Garden이라는 작은 표지가 붙어 있는 이태리 건축 양식으로 된 건물이 나타났다. 대리석으로 마감된 외부 디자인에 고급스런 커튼월로 미루어 딱 보아도 품격이 느껴지는 곳이다.

특이한 점은 화려한 외관과는 달리 '어반 가든' 이라는 문패를 제외하면 그 어떤 상호도 안 붙어 있어서 쉽게 이 건물의 정체를 유추하기 어렵다는 점이었다.

종우는 그렇잖아도 다리가 불편한 탓에 호흡을 조절하며 투덜거렸다.

"또 오르막이야?"

"젠장! 힘들어 죽겠네."

"그러게. 술 마신 것 다 깨게 생겼어."

"뭐하는 곳인데 이런 외딴 곳에 있냐. 에휴."

그렇게 와자지껄 걸어온 그들은 곧 검은 슈트를 입은 기도로 보이는 두 명으로부터 제지를 당했다.

"죄송합니다."

"뭐요?"

"어디서 오셨는지 몰라도 여기는 아무나 들어가는 곳이 아닙니다."

현수는 눈살을 찡그리고는 슬쩍 주위를 보았다.

건물 옆의 넓은 주차장에는 십 여대의 외제차와 스포츠카가 있었고, 그 옆에는 기사로 보이는 몇 명이 담배를 피우며 한담을 하는 모습이 직감적으로 예사로운 곳이 아님을 느끼게 했다.

그는 출입문을 막은 둘을 보면서 물었다.

"여기가 어반 가든 아닙니까?"

"맞습니다. 그런데 혹시 찾으시는 분이나 회원증이 있으십니까?"

어반 가든의 기도는 예상외의 반응에 공손한 태도로 말투를 바꾸었다.

처음에는 자가용은커녕, 평범한 모습에 단순히 길을 잘못 찾아온 취객이라 판단했지만, 여전히 까닭 모를 당당함에 내심 신중해질 필요성을 느낀 것이다.

이곳에 출입할 정도 신분이면 그들은 대한민국에서 정

말로 내놓으라 하는 집안의 자제가 대부분이다.

그리고 이런 권력자들 중에 드물기는 해도 지금처럼 자신의 신분을 내세우지 않고 다니는 명문가의 자제들도 분명히 존재했다.

富라는 것도 일정 기준을 넘기면 그것이 富로 여겨지지 않는 것도 동일한 이치가 아닐까?

괜히 어줍지 않게 몇 십억, 몇 백억 있는 놈들이나 압구정 밤거리를 거닐면서 외제차로 빵빵거리며 여자와 키스나 하지, 여기 드나들 정도의 위치면 오히려 그것을 쪽팔려 한다.

현수는 여전히 아랑곳하지 않고 핸드폰에 대고 소리쳤다.

"잠깐만! 여기 부른 놈한테 전화 좀 걸어 보고. 야! …왜 이렇게 전화를 안 받어? 어반 가든 맞지? …응. …그래. 여기 입구에서 막고 있는 데 네가 나오든지 아니면 우린 그냥 갈란다. …어쩔 거야? 그래. 알았어."

"혹시 안에 아시는 분이 있습니까?"

"거 참, 바로 민혁이 나온다고 하니까 기다려 봐요."

"아, 네."

그리고 1-2분이 지나지 않아서 바로 안에서 이민혁이 나오더니 기도를 슬쩍 보면서 현수를 맞이했다.

"뭐해? 들어오지 않고?"

"여기는 또 뭐하는 데? 뭐가 잘났다고 생쇼야?"

"하하. 네 놈이 이런 데 와 봤겠냐. 아무튼 촌뜨기 들어
와라."

100조를 향해서

NEO MODERN FANTASY & ADVENTURE

Part 20-2. Hope is a waking dream

Part 20-2. Hope is a waking dream

"그 전에 인사부터 해."

"어. 그래."

"여기는 내 친구들. 뭐하냐?"

"박찬형입니다."

"이종우라 합니다."

"이민혁이오. 반갑소."

"우리도 반갑습니다."

"들어 오시죠."

어반 가든은 짐작대로 최고급 사교클럽이었다.

쉽게 말해서 대한민국을 주름잡는 재벌가, 명문가의 젊은 자녀들이 웃고, 즐기고, 놀고, 먹고, 마시는 곳이다.

5층짜리 적지 않은 규모의 건물 한 채를 통째로 사용하는 어반 가든은 전두환 정권시절 만들어진 것으로 알려져 있었다.

연 입회비만 해도 수 억원이 넘는 수준인데다 그보다 더 중요한 점은 웬만한 재력이나 혈통이 아니면 정식 회원은 커녕, 출입도 쉽지 않을 정도로 까다롭게 심사를 보는 곳으로도 유명했다.

이제 여름이 지나가고 막 가을 초입에 들어선 탓일까? 은은한 풀벌레 소리와 선선한 바람이 불면서 날씨는 시원하기 짝이 없었다.

넓은 정원에는 한 편에서 교양 악단이 조용히 합주를 하고 있었고, 아름다운 정원수들 사이로 부페식으로 된 맛깔스런 음식과 음료들이 계속 서빙 되는 중이다.

그 안에는 수많은 젊은 남녀들이 저마다 자유롭게 웃고 떠들면서 이야기를 나누는 중이었는데 갑자기 처음 보는 남자 셋의 등장에 힐끗 보다가 이내 관심을 끊는 태도가 꽤 독특하게 다가올 뿐이다.

저 멀리서 어떤 여자와 대화를 하던 마수혁과 현재민이 그들을 보더니 반갑게 아는 척을 하며 걸어왔다.

"이런? 구면이죠? 우리?"

"그렇군요. 마수혁씨."

"식사는 했나요?"

"먹었습니다. 여기 오기 전에 고기 좀 먹고 와서 배는 부르네요. 그나저나 좋네요. 분위기도 끝내주고…."

"하하. 그렇습니까?"

민혁은 중간에 끼어들어 환하게 웃으며 중재를 했다.

"야! 존댓말은 뭐야. 둘 다 같은 나이야. 서로 동갑이면 반말해."

"그럴까?"

"그래도 아직 초면인데?"

"흐흐."

어반 가든 안쪽으로 들어가면 레스토랑에 칵테일 바, 당구장, 영화 상영관이 연달아 있었고 지하층에는 고급 수영장까지 구비되어 있었다.

이들은 자유롭게 흩어져서 삼삼오오 짝을 지어 저마다 놀고 있었는데 마치 한국이 아닌 또 다른 세계에 온 것 같은 환상적인 느낌을 주는 듯 했다.

찬형과 종우는 평소와 달리 눈을 번득이며 현수가 마수혁 일행과 대화를 하는 동안 건물 전체를 둘러보기 바빴다.

"확실히 대한민국은 살만한 곳이다. 이건 뭐, 완전 천국이 따로 없네. 흐흐."

"씨발! 술도 없는 게 없어. 이것 한번 마셔봐. 럼주 같은데 달콤한 게 죽여."

"오! 괜찮은데? 근데 너무 호들갑 떨지마. 괜히 튀어보이는 것 같아 그래."

찬형은 호탕하게 웃으면서 약간 소극적으로 변한 종우의 어깨를 감싸며 중얼거렸다.

"우리 같은 촌놈이 이런 데 언제 와보겠냐. 그냥 즐기자."

❋

"수혁아? 여기는 누군데 나는 소개도 안 시켜주는 거야?"

"어?"

건물 내부의 칵테일 바에 둥그렇게 앉아서 이야기를 하는 와중에 저 멀리서 인상이 예리한 남자 하나와 여자 둘이 걸어오면서 말했던 것이다.

수혁은 약간 난감한 기색을 보이다가 인사를 시켜줬다.

"이쪽은 현수씨. 민혁이와 친구 관계고 나하고도 안면이 있는 분이야."

"반갑습니다. 유경 백화점의 장석훈이오."

"정현수라 합니다."

"그런데 하시는 일이?"

"그냥 사업하고 있습니다."

"그래요? 어떤 사업 하시죠?"

"아? 그냥 이것저것 합니다. 생각보다 많아서 세기 어렵네요."

마침 몇 가지 생각할 것이 있던 현수는 건성건성 말을 받았고 이에 장석훈은 묘한 표정을 흘렸다.

보통 이런 자리에서 인사는 자신의 신분을 밝히는 것이 묵인되어 온 오랜 관례였음에도 상대 남자는 그것을 아는지 모르는지 그저 목례만 했던 탓이다.

하지만 이런 미세한 불쾌함도 잠시, 그는 태연하게 테이블 위에 놓인 멜론 한 조각을 집어 먹었다.

그는 수혁에게 고개를 돌려 추궁하듯 물었다.

"여기 계신 분? 잘 아는 분이야?"

"그럼요. 형님."

짧은 정적이 미묘하게 스쳐갔다. 마수혁은 당연히 이 의미를 모를 리 없다. 괜히 상대를 못 알아보고 실수라도 할까봐 그는 즉시 정색을 하면서 눈짓을 했다.

그 순간 장석훈과 함께 왔던 일행 중 가장 오른쪽의 미모의 여자가 입을 열었다.

"그런데 현수씨는 아직 어반 가든 회원이 아닌가 보네요?"

"네. 오늘 처음 왔네요."

"그래요? 여기 어때요? 괜찮지 않나요?"

"성함이?"

"아. 저는 송유라고 해요."

"정현수라고 합니다. 암튼 보기보다 재밌어 보여서 좋
네요. 대충 보니 연령대도 비슷한 것 같고."

"후후, 알다시피 어반 가든은 비밀 사교 클럽이죠. 물론
바깥에서 우리를 볼 때 부정적인 이미지로 보겠지만 꼭 그
런 것만은 아니에요. 혹시 이런 말 들어 본 적 있나요?"

"무슨 말이요?"

"인간은 서로 비슷한 무리끼리 어울려야 된다는 말이
죠. 어때요? 이 부분에 동의하시나요?"

"호오. 근데 그건 좀 직설적이지 않나요?"

"전혀요. 서로 환경이나 수준차이가 심하면 둘 다 힘들
어지거든요. 여기 석훈 오빠를 보면 알겠지만 솔직히 이곳
을 빼면 바깥에서 제대로 유흥을 즐길만한 곳을 찾기가 어
려운 게 우리 같은 사람의 현실이죠."

"다 같은 사람 사는 곳입니다."

"글쎄요? 과연 그럴까요? 저는 여기서는 별 볼일 없는
수준이지만 바깥에 가면 모두들 여왕 대접을 해주죠. 여기
서는 외제차라고 해봤자 아무 것도 아니지만 대학 친구를
만나러 끌고 나가면 마치 우리를 무슨 동물원 원숭이 보듯
이 하죠. …물론 그 시선은 돈에 대한 존경과 질시가 섞여
있지만 꽤 거북한 것은 사실이에요."

송유라의 목소리는 기이하게 맑아 있었다.

단발 머리에 동그란 눈망울, 그리고 여자치고는 가슴이 빈약한 왜소한 체구라서 섹시함은 전혀 없었지만, 마치 일본 만화에서 흔히 볼 수 있는 귀여운 캐릭터처럼 대나무 같은 풋풋한 절개가 엿보였다.

그녀는 계속 말을 이어갔다.

"그런 면에서 볼 때 이 곳은 꽤 괜찮은 장소라고 저는 봐요. 이 중에 이미 가업을 물려 받은 사람들도 있겠지만 어쨌든 인맥 관리에도 도움이 되죠."

"너무 통속적인 이야기로군요. 그래서 시시하네요."

"왜요? 진부한가요?"

"네."

"하지만 우리가 숨을 쉬는 세상이 원래 진부하고 쾌쾌묵었죠."

"말 장난일뿐이에요."

석훈은 주머니에 손을 넣은 채 코냑 한 잔을 들이키면서 대화에 불쑥 끼었다.

"아니. 유라 말이 맞아. 어차피 우리는 다른 애들과 다른 신분이라는 것을 인정만 하면 특권의식이든 뭐든 홀가분해진다고. 그게 꼭 나쁜 것은 아니잖아? 안 그래? 서민들은 힘들다고 어쩌고 하지만 세상은 각자 맡은 역할이 있는 법이야."

"마치 톱니바퀴처럼?"

"후후, 그런가?"

이 때 다른 친구와 이야기를 하던 재민이 끼어들었다.

"그런데 석훈형? 요즘 유경 그룹도 어렵다고 하던데? 괜찮나?"

"괜찮기는! 말도 마. 한보그룹과 기아그룹 날아가면서 재계에 비상 걸린 건 너도 알잖아? 돈 되는 건 다 팔고 현금 만들라고 아주 노인네가 지지고 볶는 게 장난 아니야. 지난 주에 해외 투자자 앞에서 브리핑을 했는데 씨도 안 먹히더라고."

"요즘 한국 전체의 신용등급이 계속 떨어져서 자금 조달이 힘들긴 힘들거야. 민혁이네 진영 중공업도 벌써 한달째 농성하는 데 장난 아니라고 하더라고."

"민노총에서 아주 작정하고 선동하는 데 진짜 미치겠어."

"흠."

"정말 노동자 생각하면 중소 기업이나 이런데 인권이나 신경 쓸 노릇이지 툭하면 대기업만 나쁜 놈 만들고 진짜 지긋지긋하지 않냐? 그나저나 민혁이 너? 맡은 사업은 잘 돼?"

이민혁은 장석훈의 직설적인 토로에 시무룩한 표정으로 대답했다.

"형도 알잖아? 진영 그룹에서 내 존재가 어떤지를?"

"뭘 또? 답답하게 그래? 어차피 자식은 다 같은 자식이야. 그러니까 너희 아버님이 이번에 기회를 준 것 아니냐?"

"그러면 뭐해? 맨날 적자만 나는 계열사 주고서 형하고 경쟁하라고 하니 골 때리지 안 그래?"

그는 순간 머리가 뻐근해지는 느낌을 받았다.

아버지의 고마운 지시로 그는 지금 진영 그룹의 후계자 자리를 놓고 배다른 형과 경쟁을 하는 중이었다.

그리고 좀 더 과장되게 말하면 이 경쟁은 전쟁이나 마찬 가지였다. 비즈니스는 냉정한 현실 세계의 반영이다.

하지만 여러 가지 상황이 자꾸 경고음을 내보내고 있다. 그리 쉽지 않았던 것이다. 그는 바보가 아니다.

어떤 이는 이것이 절호의 기회라 할지 몰라도 승산이 거의 없는 게임일 뿐이다.

차라리 큰 형이 진영 그룹을 승계하면 그는 작은 떡고물 이라도 받고 미국에서 평생을 먹고 노는 것이 더 나을지 모른다.

허나 이제는 꼼짝 달싹 못했다.

이미 형의 눈에 찍힌 그로서는 도저히 안락한 미래는 보장받기 힘들었다.

그러던 그 순간이다.

저 멀리서 고함소리가 크게 터져 나왔다.

"야! 썅! 안 서!"

"흑흑흑! 놔! 놔!"

"어딜 하다 말고 내빼?"

"제발!"

"이 썅눈이 뒈질려고!"

가장 먼저 꽃무늬 팬티만 입고 5층의 침실에서 무서운 속도로 황급히 내려오는 젊은 여자가 시선에 잡혔다.

그 뒤로 연이어 얼굴을 붉힌 남자 둘이 마치 볼 일을 보다가 멈춘 모습처럼 고함을 치면서 쫓아 왔다.

이 황당한 모습에 1층에 있던 많은 클럽 회원들은 저마다 믿기 어렵다는 듯 혀를 끌끌 찼다.

"야! 허용성!"

"이런 미친 새끼들!"

"어머! 저게 뭐야? 거의 다 벗었어. 쪽팔리게!"

그럼에도 허용성은 이런 대중의 반응은 아예 무시하면서 연신 악을 쓰면서 가슴을 가린 벌거벗은 여자에게 삿대질을 퍼붓고 있었다. 그와 동시에 함께 내려온 친구에게 그는 고함쳤다.

"야! 저 년! 잡아!"

"아악!"

뒤편에서 구경하던 누군가 한심한 듯 중얼거렸다.

"여기도 이젠 맛이 갔군. 저 딴 미친놈이 날뛰게 내버려 두고. 쯧!"

"놔 둬. 네가 몰라서 그러는 데 저 새끼 LG그룹 방계 야."

"그런가?"

"그래. 괜히 저 양아치와 얽혀서 좋을 것 없어."

그들의 시선은 그저 차가웠다.

수많은 눈빛 속에는 의아함, 흥미, 방관, 짜증, 고까움, 냉소와 같은 다양한 감정의 칼날만이 보일 뿐이다.

허용성과 벌거벗은 여자를 둘러 싼 대중은 쉽게 개입하 지 않았다.

하지만 적어도 정의롭지 못한 심판의 법정에 등장해서 근엄한 표정으로 판사봉을 세 번이나 두드리며 죄를 사하 는 판사의 위선은 행하지 않았다.

그 느낌은 지나가던 꼬맹이가 풀숲에서 여치와 장수벌 레가 목숨을 걸고 싸우는 광경을 보는 것과 매우 닮아 있 었다.

누가 이기든 관심 없는 것처럼.

여성은 남자의 손에 잡혀서 발버둥을 치는 중이다.

"저는 당신 같은 사람과 하고 싶지 싫어요. 그러니 놔줘 요. 제발!"

"흐흐. 뭐야? 누가 보면 너? 요조숙녀로 알겠다?"

"……."

"이 봐. 이러면 애초 약속과 다르잖아? 안 그래?"

"하, 하지만!"

"하지만? 뭐!"

"…일 대 일이 아니었잖아요."

"돈 더 주면 되잖아? 얼마 더 필요한데? 앙? 너! 자꾸 내 체면 여기서 다 깎을 거야?"

"미안해요. 도련님."

여자는 아름다웠다.

하지만 늘씬한 몸매와 톡 튀는 비주얼은 아이러니하게도 지금 이 여성이 이 사교장에 어울리지 않는다고 증명을 하는 느낌이다.

그녀의 짙은 화장과 비교하면 어반 가든의 회원인 여자들은 의외로 평범하거나 단출한 패션을 선호했다.

졸부들처럼 다이아나 명품으로 치장한 허세와 확실히 다르다.

하나 같이 깔끔하면서도 군더더기가 없다.

그럼에도 그녀들은 도도했다. 그리고 멋지다.

태어날 때부터 가져 온 명문가 자녀라는 고고한 프라이드의 일종일 것이다.

그 시점이다.

결국 누군가 등장했다.

그는 먼저 외투를 던져주면서 여자의 상체를 가려주었고 남자의 팔을 거칠게 잡아챘다.

  "씨불! 적당히 해라."

  "넌 뭐야?"

  "병신! 남자 놈이 쓰리 썸이 뭐냐? 변태 새끼!"

  "손 안 놔?"

  "약해 빠져가지고 그러면서 뭘 잘났다고 지랄이야? 콱!"

  "아악!"

  팔목이 순식간에 꺾였고 그 때문에 극심한 고통에 허용성의 친구는 외마디 비명을 토해야 했다.

  그리고 그의 앞에는 그보다 한 뼘은 더 커 보이는 보랏빛 장발의 양아치가 있었다.

  찬형은 이번에는 상대의 목을 거칠게 잡더니 그대로 밀어제치며 서늘하게 경고를 날렸다.

  "지금 그게 중요해? 더러운 새끼야. 여기서 여자 데리고 너 지금 뭐 하는 거야? 감옥에라도 가고 싶냐?"

  허용성이 뒤에서 달려들면서 고함을 쳤다.

  "툇! 관계 없는 새끼는 꺼져. 넌 내가 누군지 알아?"

  "몰라! 병신아! 니네가 뭘 하든 상관없지만 그래도 최소한 인간적인 도리는 지켜야 할 것 아니야. 안 그래? 이건 뭐 삼류 양아치도 안 하는 짓이나 하고!"

  "이런 씨발!"

"뭐? 너 욕했냐?"

"좋아. 너? 어느 집 자식이야? 못 보던 놈인데?"

찬형의 여유 만만한 태도 때문일까?

허용성은 화산처럼 폭발할 것 같은 화를 애써 억누르면서 정면을 직시했다.

단 한 번도 만난 적이 없었다. 그렇다고 이미 이곳에 들어온 이 건들거리는 놈의 신분을 과소평가하기도 어렵다.

물론 어반 가든이라 해서 모든 재벌가나 혹은 명문가 자제가 오는 것은 아니다. 하지만 중요한 것은 여기가 어반 가든이라는 점이다.

아마 다른 곳이었다면 진작에 폭발했을 것이다.

"신입 회원이냐?"

"등신 새끼! 지금 이 상황에서 그 딴게 왜 중요한데?"

"중요하니까 묻는 거야."

"어쮸? 넌 싸울 때도 이름 말하고 싸우냐? 등신? 흐흐."

"뭐, 뭐! 이 쌍!"

평소 감정 조절 장애에 어려움을 느끼던 허용성은 급기야 분노를 못 참고 주먹을 크게 휘둘렀다.

허나 어릴 적부터 실전 싸움에 도가 텄던 찬형이 볼 때 허용성의 주먹은 하품이 나올 정도로 느리고 부정확했다.

그는 주먹이 날아오는 궤도를 피하면서 그대로 허용성의 복부를 두 번 연달아 때렸다.

그와 함께 허용성은 쉽게 쓰러졌다.

"이익! 이게 미쳤나! 감히!"

"넌 또 뭐냐?"

친구가 쓰러지는 광경을 목격한 허용성의 친구가 눈이 뒤집힌 채 달려들었지만, 찬형은 살짝 몸을 비틀어 다리를 걸어 넘어트렸다.

동시에 찬형의 구두발이 그 둘의 머리통을 재차 깠다.

하필이면 어반 가든에 경호원을 대동하지 않고 온 탓에 그 둘은 찬형에게 몇 대를 더 맞아야 했다.

돼지 멱따는 소리가 건물 전체를 뒤덮었기 시작했다.

그리고 1-2분 후, 어반 가든의 책임자와 가드 여러 명이 우르르 달려들어 찬형을 막아 세웠다.

"멈춰! 지금 이게 뭐하는 짓입니까?"

"당신들은 또 뭐요?"

"이곳 관리자!"

이번에 몰려온 가드들은 전문적인 무술을 익힌 인물들로 보였다. 그런 탓에 상황이 심상치 않게 변한 것을 직감한 찬형은 바로 동작을 멈추고 종우와 함께 뒤로 물러섰다.

허용성의 상처를 살피던 총괄 지배인은 어두운 기색으로 찬형을 향해 고개를 돌렸다.

"여기 회원입니까? 회원증 좀 보여주시죠?"

"무슨 회원? 여기는 처음 오는데?"

"휴우, 사람을 이렇게 패고는 책임 없다고 하시면 우리보고 어쩌라는 겁니까? 당신들? 여기가 어딘지 혹시 모르고 왔나요?"

종우는 지배인의 냉랭한 일갈에 배알이 꼴리는 지 중간에 언성을 높였다.

"아저씨! 여기가 뭐 그리 대단하다고 위세야? 법대로 해. 치료비 물어주면 될 것 아냐? 거기다 저 놈이 먼저 여자를 성폭행하려고 했어."

지배인은 눈짓으로 가드들에게 찬형과 종우가 도망가지 못하게 막으라고 지시하면서 말했다.

"무슨 말도 안 되는 소리를? 저기 여자는 서비스 때문에 초청된 분일뿐입니다. 사전에 가우스 미디어와 그에 맞게 계약을 했고 우리는 합리적인 대가를 지불했습니다."

여자의 말에 뒤편에서 가만히 이 상황을 주시하던 현수의 미간에 처음으로 일자 모양의 찡그림이 드러났다.

한편 찬형은 어이없다는 듯 외쳤다.

"우린 그딴거 몰라요. 우리가 본 것은 여자가 저 놈에게 쫓겨 내려 오는 모습과 저 분이 위협을 당하자 도와준 것 뿐입니다."

그러자 여자는 갈등하는 빛을 드러내면서 대답했다.

"미안해요. 사실 약간 오해가 있는 데… 이 분들이 억지로 저를 덮친 것은 아니에요. 단지 당연히 일대 일로 하는 줄 알았는데 둘이서 하자고 해서 놀래서… 흑흑흑."

"일 대 일? 미친! 골 때리네."

"그만!"

대화를 끊은 인물은 이민혁이었다.

100조를 향해서

NEO MODERN FANTASY & ADVENTURE.

Part 20-3. Hope is a waking dream

　　실제 어반 가든이 비밀 사교 클럽 중에서 대한민국 최고 수준이라 해도 이민혁 정도면 결코 어디에서도 무시당할 인물이 아니었다.

　　특히 그와 함께 다니는 5인회 멤버는 하나같이 후광이 만만치 않았는데 그런 탓에 이런 작은 사건에 이민혁이 끼어들자 장내의 인물들은 꽤 놀란 표정이 역력했다.

　　특히나 이민혁은 지금처럼 나서는 스타일과는 거리가 멀었다.

　　지배인도 그 때문일까?

　　그는 바로 골치 아픈 표정을 드러냈다.

　　어떻게 보면 집사와 비슷한 역할을 하는 어반 가든의

271

총괄 지배인으로서 눈치가 빨라야 하는 것은 당연한 본분일 것이다.

방금 전 시비는 뜨내기 손님과 LG그룹이라는 뒷배를 가진 허용성의 싸움이었다.

그러니 허용성의 편을 들어주는 것이 이치였다. 하지만, 여기서 이민혁이 끼어든다면 함부로 허용성의 편을 들어주기가 곤란해진다.

재벌 그룹의 자제라는 것은 일반적인 금수저와는 차원이 다른 하늘 위의 존재라 할 수 있다.

그들은 조금이라도 모욕 받는 것을 싫어하고 늘 떠받드는 환경에서 성장해 왔다.

오만한 행동은 당연했다.

그런 그가 복장도 남루한 이 두 명의 양아치를 위해서 직접 나선다?

왜? 어째서? 그럴 이유가 있을까?혹시 그가 상대를 잘못 본 것일까?

그러는 사이에 이민혁이 재차 투덜거렸다.

"상우형! 내 체면 좀 봐서 이 정도에서 그만하면 안 될까요?"

"저 두 분과는 어떤 사이입니까?"

"그게 중요합니까?"

"중요합니다. 이 둘에 대해 먼저 설명부터 해주는 게 옳다고 봅니다."

"내 친구의 친구 정도라 하죠."

"휴우, 난감한 부탁이네요. 민혁씨도 허용성 도련님이 어떤 분인지 잘 아실 것 아닙니까? 여기서 따끔하게 손을 보지 않으면 제가 앞으로 어떻게 이쪽에서 얼굴을 내밀고 다닐 수 있겠습니까? 안 그런가요?"

조상우는 생각보다 커리어가 대단했고 위험한 인물이었다.

그리고 어반 가든의 명성 유지를 위해서 앞에서 겁도 없이 까부는 양아치 둘을 스스로 걸어서는 나가지 못 못하게 손을 볼 생각도 하고 있었다.

세상은 그리 쉽지 않다.

이유여하를 막론하고 LG家의 자제가 어반 가든에서 양아치에게 맞고 나갔다고 소문이 도는 순간부터 이 비밀 사교 클럽의 명성은 한순간에 나락에 빠질 것은 뻔했다. 이것은 어반 가든의 소유주이자 지하 경제의 大母인 노마나 님도 원치 않는 시나리오일 것이다.

정의?

정의라는 것은 결국 힘의 균형추에 의해서 마음대로 재단되는 법이다.

세상이 공평하다고 믿는가?

웃긴다. 그저 썩은 조소만 나올 뿐이다.

이민혁은 조상우가 예상 외로 자신의 부탁을 거절하자 내심 속이 끓어 올랐다.

만약 그가 서자가 아닌 적자였어도 고작 관리자 따위가 자기 앞에서 뻣뻣하게 눈을 뜬 채로 싱글거리면서 이딴 식으로 반응할 이유는 없지 않을까.

그러나 그보다 더 빠르게 현수가 등장했다.

그는 어반 가든의 지배인은 무시하고는 바로 여자에게 다가가 추궁했다.

"방금 뭐라고 했지?"

"뭐, 뭐요?"

"아까 어반 가든 지배인 말로는 당신이 금전적 대가를 받고 가우스 미디어에서 파견 나왔다고 하지 않았어?"

여자는 입술을 꽉 깨물었다.

'가우스 미디어'라는 단어는 정확히는 그녀가 쓴 말이 아니었다. 어반 가든의 사장이 워낙 급한 상황에 휘말리자 변명을 한 것이다.

하지만 여자로서는 안색이 붉혀질 수밖에 없었다.

그도 그럴 것이 아직까지 그녀는 연예인이었기 때문이다.

좀 더 정확히는 무명 연예인이다.

몇 년이 지났지만 단역 오디션만 보러 다녔다. 그러다 우연한 기회에 성매매를 대가로 높은 영향력을 가진 인물들과 연결시켜준다는 유혹에 혹해서 지금 이 자리에 온 것이다.

얼굴은 괜찮았지만, 굉장한 미녀로 부를 만큼 아름답지는 않다. 거기다 뒷배도 없고 운도 없는 그녀와 같은 무명 연기자들에게 적지 않은 금전과 스폰은 강한 유혹이 아닐 수 없다.

보통 이런 경우를 보면 흔히들 남자들은 가련한 여자에 대한 판타지로 동정심을 보이지만, 실제 여자의 입장에서 강제로 하는 경우는 극히 드물고 대부분이 자발적으로 나서는 경우가 많다.

그것이 비록 추하지만 냉정한 사회의 현실이다.

여자는 현수의 반복되는 물음에 머뭇거렸다.

"가우스 미디어 맞아?"

"……."

"AMC엔터테인먼트의 자회사 중 하나잖아? 아닌가?"

"죄송해요. 그, 그게…"

"맞아? 아니야? 그것만 말해?"

"흑흑흑. 맞, 맞아요. 일부러 그런 것은 아니고 돈이 부족해서…"

"누가 시켰지? 누구야?"

"흑흑흑흑흑."

"이 봐! 당신은 또 뭐야?"

"그만!"

이 때 마수혁까지 나서면서 경고를 하자 조상우는 어리둥절한 표정으로 헛기침을 했다.

"수혁이 너까지?"

"내가 잘 아는 사람이니까 괜히 나서지 마요. 다칩니다."

"그 정도냐?"

"네."

"크흠. 믿을 수 없군."

장내는 한바탕 침묵이 감쌌다.

지하 금융계에서 상당한 영향력을 행사하는 가문의 적자인 마수혁까지 나섰기 때문이다.

결국 조상우는 상황이 만만치 않음을 깨닫고 가드들을 물리기 시작했다. 허나 현수는 주위의 시선을 고려해야 할 정도로 편한 마음이 아니었다.

"마지막으로 묻는다. 대체 누가 너한테 이렇게 하라고 시켰지?"

"그, 그게. 본사의 최고위층에서… 흑흑."

"본사라니? 어디?"

"AMC엔터의 강대수 사장님이…."

"강대수라니?"

"정말이에요. 흑흑흑."

"개자식!"

"죄송합니다."

현수는 폭발했다. 이제야 대충 앞뒤 상황이 숨은 그림 찾기처럼 해결되는 것 같았다. 강대수라니?

비록 성격이 거칠고 능구렁이라도 업무 추진 능력은 뛰어났기 때문에 믿고 맡겼다. 특히나 연예계라는 다소 특수 상황까지 고려해서 크게 간섭조차 하지 않았다.

그런데 이것은 대체 무엇이란 말인가?

현수의 서늘한 눈빛이 장내를 스쳐갔다.

그의 오만한 태도에 주위를 둘러싼 멤버들은 저마다 그의 신분을 추측하기 위해 머리만 굴리는 중이다.

주먹이 부르르 떨었다.

극심한 배신감에 분노가 솟구친 것이다.

✹

일주일 후.

AMC 본사에 등장한 정현수는 준비해 서류를 대충 훑어보더니 누군가를 기다리고 있었다.

그리고 사무실 문을 열고 강대수가 나타났다.

"오셨습니까? 회장님?"

"……."

"이거 읽어 보세요!"

"네엣?"

하지만 현수는 일언반구 없이 바로 서류더미를 그의 앞에서 던지면서 주머니에 손을 넣은 채로 창가로 등을 돌렸다.

순간적으로 분위기가 심상치 않음을 느낀 강대수는 넙죽 허리를 숙이면서 서류를 보았다.

"이, 이건?"

"이 봐! 내가 미국에 있는 동안 아주 개새끼 같은 짓을 저질렀더군. 웬만해선 내가 당신 대접해주고 싶지만 도저히 대가리에 빡이 돌아서 안 되겠어."

"회, 회장님!"

현수는 바로 강대수의 얼굴 앞까지 걸어오더니 그의 어깨를 잡고 거칠게 숨을 몰아쉬었다.

"이 봐. 강사장? AMC엔터가 당신 거야? 당신은 지금 내가 얼마나 화가 났는지 모르지?"

강대수는 직감적으로 그 동안 성접대 했던 치부가 들통났다고 판단하자 바로 강력하게 부인을 하면서 외쳤다.

"회, 회장님! 뭔가 오해가?"

"지랄!"

하지만, 현수는 더러운 오물이라도 본 것처럼 그의 뺨을 거칠게 때렸다.

"아악!"

"왜? 꼽냐? 꼬우면 덤벼? 네가 그렇게 좋아하는 힘으로 눌러 줄 테니까! 이 더러운 새끼야! 퉷!"

주먹이 다시 연달아 날아갔다.

둘은 나이차이도 큰데다 권투를 전문적으로 배운 현수한테 강대수는 아예 샌드백이나 다름없었다.

몇 대를 맞더니 그대로 주저앉아서 울먹이는 강대수의 모습에 그는 테이블을 주먹으로 내려치며 일갈했다.

"네가 인간 새끼야?"

"……."

"고작 쥐꼬리만한 권력을 이용해서 힘없는 여자애들 등이나 쳐먹고 그 여자애들 데리고 나이 먹은 할배들한테 상납이나 하고! 내가 너 좋으라고 그룹을 만든 줄 알아? 왜? 아파? 왜? 젊고 싸가지 없는 놈한테 얻어맞으니까 한심하냐? 병신 새끼!"

"그, 그게. 회장님? 저라고 제 사리사욕을 채우기 위해서 성접대를 시켰겠습니까?"

"그럼 뭔데?"

"저희 그룹을 위해서 아무래도 고위 인맥이 필요하다 생각해서…! 커억!"

"꽉! 나가 뒈져!"

그룹 회장실에 호출이 될 때만 해도 설마 이 정도로 심하게 회장이 자신을 대할 줄은 몰랐다.

최악의 경우라도 그룹의 대내외적인 이미지 등을 고려

해서 자신에게 타협의 손길을 내밀 것이라 생각했던 탓이
다. 하지만 지금 정현수는 그야말로 미친 들소처럼 흥분하
는 중이다.

그리고 이대로 가다가는 몰락은 뻔했다.

그 다급한 와중에도 강대수는 머리를 굴리면서 크게 부
르짖었다.

"회, 회장님? 사표 쓰겠습니다. 그리고 회사를 나가더라
도 성접대 관련해서는 어떤 일이 있어도 침묵을 지키겠습
니다. 그러니…."

"그러니? 뭐? 웃기고 있네? 네 눈엔 내가 만만해 보이
냐? 큭큭. 잘 들어. 넌 오늘부로 해고야. 그리고 배임죄와
성매매 알선죄 명목으로 최소 10년 동안은 감옥에서 나오
지 못하게 할 생각이야."

"헉! 그러나 그럴 경우 그룹 이미지에 치명타를 입게 됩
니다."

"아니. 그딴 것은 아무 상관 없어. 설령 AMC그룹이 망
하는 한이 있어도 너 같은 쥐새끼가 떵떵거리고 사는 것은
내가 용납하지 못해. 두고 봐. 돈을 때려 부어서라도 대한
민국 최고 변호사로 네 놈을 매장시킬 테니까."

이 말에 결국 강대수의 얼굴은 시커멓게 사색이 되었다.

설마 회장이 이번 문제를 대외적으로 아예 까발리겠다
고 나올 줄은 꿈에도 생각하지 못한 탓이다.

"회장님! 제발 용서를…. 제발 부탁입니다."

강대수는 무너졌다.

그는 누구보다 AMC그룹의 역량을, 회장의 저 끊임없는 막강한 능력을 잘 아는 인물 중 하나였다.

회장이 작심하고 그를 매장하기로 결심한 이상, 대한민국 땅에서 앞으로 그가 쉴 곳은 없다고 봐도 무방할 것이다.

그는 자존심을 따질 계제가 아니었다.

다리를 지탱하던 힘이 풀렸다. 동공은 멍해졌다.

현수는 더 이상 강대수를 상대하기 싫다는 듯 인터폰을 누른 다음, 경비원을 들여보내라 했다.

강대수는 건장한 가드들에 의해서 강제로 끌려 나갔다.

그리고 현수는 그의 말처럼 AMC그룹 홍보실에 지시를 해서 사건의 원인 관계를 밝히면서 대국민 사과를 하기로 결정한다.

– 국민 여러분. 이와 같이 AMC엔터테인먼트의 사장인 강대수는 자기 임의대로 자회사 출신의 무명 연기자나 여가수들에게 스폰 제의를 하였고, 이를 미끼로 유력 정치인이나 권력가들에게 금전적인 대가를 받았습니다. 비록 이러한 불법 행위들이 그룹의 지시에 따라 이루어진 것은 아니지만 어찌 되었든 AMC그룹은 사건의 심각성을 깨닫고

대국민 사과를 하게 되었습니다. 성접대에 관련된 해당 임원인 강대수 외 6인은 이미 해고가 되었으며 그 동안 불법 행위에 대해서 서울 남부 지검에 고발을 한 상태입니다. AMC그룹은 뼈저린 반성과 후회를 통해서 환골쇄신하겠으며 노력하겠습니다.

이 청천벽력 같은 뉴스는 그렇잖아도 나라 경제가 위태로운 상황에 불에 기름을 붓는 뉴스가 아닐 수 없었다.

대한민국의 모든 언론 매체는 이 특종을 따라서 보도하기 시작했고 심층 취재에 들어갔다.

그리고 불같은 어조로 대기업의 병폐와 자극적인 성접대 문화에 대해서 기사를 적나라하게 후려 갈겨썼다.

– 추악한 AMC그룹의 정체! 성접대 파문!

– AMC엔터테인먼트 산하 자회사를 이용한 고위 권력가에 대한 로비는 어디까지?

– AMC그룹의 폭발적인 성장에는 정경유착의 흑막이 존재하는 것일까? 지난 10년을 진실을 파헤치다!

– 성접대 리스트는 어디에?

– 거물급 여야 정치인의 잠 못 드는 밤!

사건은 결국 성접대 리스트로 시선이 이어졌다.

물론 그 때문에 그룹의 이미지 하락은 당연했고 심지어는 AMC그룹 자체가 마치 비리의 온상처럼 매도되는 경우도 심심치 않게 발생했다.

　사건의 여파는 그룹에게로 쏠렸다. 성접대 리스트와 관련해서 청와대, 검찰, 국세청 등 곳곳에서 전화통이 울려대는 탓에 그룹의 고위 임원들은 불면증에 시달릴 정도로 고통을 받는 경우가 비일비재했다.

　"정말 리스트를 폭로할 예정입니까?"

　최상철 부회장은 걱정 어린 눈빛으로 이번에 회장으로 복귀한 정현수 회장을 바라보았다.

　"이번 기회에 썩은 뿌리는 아예 제거할 생각입니다."

　"회장님 의견에 공감은 하지만 그게 쉽게 될까요?"

　"되게 만들어야죠."

　"주위에서 압력이 만만치 않을 겁니다. 특히나 가장 문제는 정치권력입니다. 그 중에 몇 몇은 거물급들입니다. 이들을 건드린다는 것은 그룹의 명운을 걸어야 할 수도 있습니다. 그러니 그냥 넘어가시는 게 어떨지요? 관련된 이들이 너무 많습니다."

　"미안한데 이번만큼은 별로 그럴 마음이 없네요."

　"미국 다녀오시더니 많이 바뀐 것 같군요."

　"그렇게 보이나요?"

　"네. 예전 같으면 이 정도에서 끝낼 일 아니었습니까?"

"어쩌면 그럴 수도 있을 테죠."

"아."

현수는 마음에 안 든다는 표정으로 냉랭하게 말했다.

"미국도 사람 사는 곳인데 부패나 부정이 왜 없을까요? 하지만 제가 만나 본 인물들은 하나 같이 뭐라고 할까. 노블레스 오블레주 정신에 맞게 행동하는 이들이 많더군요. 그에 비해서 한국은… 썩은 냄새가 너무 많이 나네요."

"너무 빠르게 근내화가 되어서 그런지도 모르죠."

"그럼? 앞으로 어떻게 하실 생각인지?"

최상철은 조심스런 어조로 물었고 현수는 차분히 웃으며 대답했다.

"강대수에게 얻어낸 리스트가 있습니다."

"바로 국내 언론에 흘릴 예정인가요?"

현수는 바로 고개를 흔들었다.

"설마? 그럴 리가요? 제가 그렇게 멍청하다고 봅니까?"

"그럼?"

"어차피 국내 언론사에 이 사실을 흘려도 큰 효과를 거두기 어려울 겁니다. 어차피 실명으로 밝힐 용기도 없을테고요. 하지만 언론사는 국내만 있는 게 아니죠."

"네?"

"해외에 유명 언론에 터트리는 것으로 하죠."

"정말? 괜찮겠습니까?"

"아마도."

"가뜩이나 정세가 불안한데 잘못하면 정권에 시범 케이스로 찍힐지도 모릅니다."

"과연 그럴 수 있을까요?"

최상철은 모호한 표정으로 반문했다.

"그 뜻은?"

"이번에 미국에서 돈을 꽤 많이 벌었습니다. 그런데 그게 전부 달러더군요. 그리고 지난 몇 개월동안 태국 금융 위기로 또 벌었습니다. 만약 그들이 힘으로 찍어 온다면 저도 그에 맞는 패 하나쯤은 가지고 있으니 걱정하지 않아도 될 겁니다."

100조를
향해서

NEO MODERN FANTASY & ADVENTURE

Part 20-4. Hope is a waking dream

Part 20-4. Hope is a waking dream

며칠 후, 놀랍게도 미국 CNN과 폭스 TV에서 한국의 성 접대 리스트에 대해 포커스를 맞춰서 방송을 터트렸다.

그런데 기이한 점은 평소라면 2-3분이면 될 이 뉴스를 20여분 이상 집중적으로 다루었고, 이 리스트에 포함된 수십 명의 정치인, 언론인, 경제인의 명단을 실명으로 그대로 밝혔다는 점이 문제었다.

CNN과 폭스 TV의 파급력은 대단했다.

이 뉴스는 거의 실시간으로 한국에 전해졌고 진위 여부를 떠나 실명에 언급된 인물들은 엄청난 비판에 휩싸이게 된다.

만약 뉴스가 나온 곳이 미국이 아니고, 유명 방송사가

아니라면 이 정도까지 심하게 공격을 받지 않았을 것이다.

하지만 워낙에 세계적인 미디어였던 탓에 실명으로 나온 당사자들의 부인은 대중은 받아들이지 못했다.

그렇게 한국 땅이 떠들썩할 때 현수는 조용히 태평양 너머 미국의 백악관과 국제 전화를 하고 있었다.

"그럼요. 하하. 저야 잘 지내고 있죠. 아무튼 이번 건 고맙습니다. 대통령 각하."

❊

11월에 접어들면서 900원대에 있던 원화 환율은 폭등에 폭등을 거듭하고 있었다. 환율은 급기야 1400원-1500원을 넘나들었고, 외환 시장은 패닉 바이에 근접해 있었다.

당연히 시장에 달러는 고갈되었고 원화는 순식간에 한 줌의 가치도 없는 종이조각으로 변화되고야 만다.

그 때 일본의 4대 증권사 중 하나인 야마이치 증권사가 긴급 임원 회의를 열고 폐업을 결정했다.

막대한 부실 채권에 따른 경영 파탄이다.

이는 결국 다른 일본 금융사에게 경각심을 불러 일으켰고 가장 손쉬운 인접국인 한국에 빌려준 단기 대출금 회수에 나서는 연쇄 효과를 일으켰다.

그 금액이 무려 100억 달러에 달했는데 그로 인해 김양삼 정권은 우후죽순처럼 난립한 종금사 강제 정리 작업을 발표하기에 이른다.

그렇게 재정 경제원은 청와대의 지시에 따라 경남, 고려, 대한 삼삼, 경일, 영남, 한길 삼양 등 8개 종금사에 11월 21일까지 모든 외화 자산과 부채를 은행에 넘길 것을 통보했다.

그러자 핀치에 몰린 종금사들이 중소기업에 무자비로 대출을 회수에 들어갔다.

중견 기업들은 종금사의 회수에 부도의 도미노 현상을 일으키며 쓰러졌다.

태일 정밀, 뉴맥스에 이어 중원, 핵심 텔레텍이 날아갔다. 동성철강, 수산중공업, 온누리 여행사, 금경 등도 나자빠졌다.

이는 2차 부도로 이어졌고 그에 딸린 수많은 영세 하청 업체들이 자고 일어나면 도산했다.

노동자들은 피눈물을 흘렸다. 직원은 하루아침에 잘렸다. 잘 나가던 사장은 어느 날 갑자기 야반도주를 했다.

금리는 미친 듯 올랐고 부동산 가격은 하락에 하락만 거듭할 뿐이다.

팔자고 내놓은 매도 물건은 수북하게 쌓였다.

악순환은 계속되었다. 도산은 끝이 없었다.

고려 증권에 이어 한 때는 수탁고 1위를 기록했던 극동

건설의 동서증권이 고작 250억의 콜자금을 결재하지 못하고 문을 닫았다.

같은 날 외국인 주식 매입한도를 50%까지 확대하는 극약처방까지 내렸으나 효과는 없었다.

주식은 자고 일어나면 폭락했다.

＊

11월 28일.

부총리 임창열은 마쓰자카 히로시 일본 대장상 앞에서 공손한 자세로 앉아 있었다.

찻잔을 집은 그의 손은 지금의 심경을 대변하듯이 투박하기 이를 데 없었다. 다시 그는 자존심을 접고 간곡한 어조로 부탁을 했다.

"부탁드립니다. 한국의 운명이 풍전등화와 같습니다. 부디 자금 지원을…"

마쓰자카 히로시의 얼굴빛은 난감한 기색을 드러냈다. 차라리 금융 지원을 요청한 한국 부총리에게 문전박대라도 했으면 어쩌면 더 나았을지 모른다.

그는 머뭇거리며 딱하다는 듯이 중얼거렸다. 일본인 특유의 형식적인 대답이다.

"난감하군요. 저희도 한국이 이웃나라인데 어찌 안 도

와주고 싶겠습니까? 하지만 일본도 요즘 몇 년간 계속된 디플레로 경기 침체에 빠져 있습니다. 그런데 갑자기 외국에 자금 지원을 하면 국내 여론이 부정적일게 뻔합니다."

"일본 엔화는 국제 통화 아닙니까? 도와주십쇼. 잊지 않겠습니다. 일본 총리께 한국의 어려운 사정을 설명하시고 설득해 주세요."

"…그게 어렵습니다."

"부탁입니다."

"얼마 전까지만 해도 한국에서 독도 영유권 문제로 한국이 어떻게 했습니까? 그런데 그 난리를 쳐놓고 정작 한국이 아쉽다고 돈을 빌려 달라고 하면 저희 체면은 어찌 되겠습니까?"

"휴우, 국가간의 외교는 정경 분리 아닌가요? 여기서 왜 갑자기 독도 이야기가 나오는지 모르겠네요."

마쓰자카 대장상은 씁쓸한 미소를 보였다.

"허허. 불쾌하셨다면 미안합니다."

"정말 자금 지원이 어려울까요?"

"좋습니다. 일단 상부에 보고는 하겠습니다. 하지만 요즘 한국에 대한 정서가 그리 좋은 편이 아니라 큰 기대는 하지 않는 게 좋을 것 같군요."

"정말 너무하시는군요."

"죄송합니다."

"훗날 일본도 한국에 아쉬운 소리를 하는 날이 올겁니다. 과연 그 때도 이럴 수 있을지 두고 봅시다!"

"미안한데? 과연 그런 일이 올까요? 후후."

"이만 가도록 하죠."

임창열 부총리는 벌떡 자리를 박차고 일어나면서 흥분된 기색으로 한국행 비행기에 다시 올라탔다.

속이 쓰렸다. 국력이 약하다는 이유로 한국을 욕보인 자신이 미웠다.

그는 멍한 눈빛으로 저 멀리 동해 바다를 바라 보았다.

어제 저녁 그를 붙들고 간절한 표정으로 부탁하던 김양삼 대통령의 목소리가 다시 들렸다.

– 어떤 일이 있어도 IMF까지 가는 것은 안 되네. 그러니 일본에 고개를 숙이는 한이 있어도 자금 지원을 받도록 하게. 자네의 목에 대한민국 5천만의 미래가 걸려 있다네. 알다시피 일본 엔화는 한국 원화와 달리 국제 통화라네. 일단 IMF에 구제 금융을 신청하는 그 순간부터 한국은 나락으로 떨어지게 된다는 점 명심하게.

그는 침울한 기색으로 기내에서 제공하는 맥주를 연신 들이켰다. 도저히 맨 정신으로는 한국에 돌아갈 자신이 없었던 탓일까? 방법을 찾아야 했다. 방법을…!

그러다 문득 시카고 대학 시절 친했던 동료 프랭크가 떠올랐다.

아마 그는 현재 미국 상무부의 고위 공무원일 것이다.

비록 근 1년 만에 하는 연락이라 떨떠름했지만 어쨌든 죽으면 죽었지 이대로 맨 손으로 YS에게 돌아갈 수는 없었다.

일본이 아니면 미국으로 시선을 돌릴 수밖에.

✳

"하하. 그래. 오랜만이야. 프랭크."

"나야 뭐 그렇지. 자네나 나나 예전이 좋았어. 사회 나오니 끝없는 정글이야. 상사 눈치 봐야지. 와이프 눈치 봐야지. 애들은 요즘 상전에 장난 아니야."

임창열 부총리는 유창한 영어로 통화를 계속했다.

"자네는 그런 걱정뿐인가? 난 요즘 금융 위기 때문에 죽을 지경이야."

"흠, 한국이 요즘 상황이 안 좋나? 뉴스에서 보기는 봤지만 자네가 그럴 정도면 심각한가 보군."

"쯧! 말도 말게. 방금 일본에 금융 지원 문제 때문에 대장상을 만났는데 거절당했네."

"일본?"

"그래."

"그쪽도 답답하군. 한국이 문제가 생기면 이웃 나라인 일본도 영향을 받는다는 걸 모르나 보군."

"아무튼 그래서 말인데? 혹시 윗선에 이야기해서 미국에서 자금 지원이 안 되겠나?"

"글쎄? 힘들걸?"

"이 봐. 프랭크? 친구 좋다는게 뭔가?"

프랭크는 마른 침을 삼키면서 망설였다.

"그게 그렇게 쉽지가 않아. 한국과 미국이 동맹이라도 아마 윗분들의 의견은 정상적인 루트를 통해서 국제 통화기금에 자금 지원 요청을 하라고 할 걸세. 그게 서로 복잡하지 않고 깨끗하거든."

"누가 그걸 몰라서 그러나 일단 IMF에 요청을 하는 그 순간부터 한국의 대외 이미지나 신인도는 바닥에 떨어질게 뻔하네. 거기다 지난 과거 사례로 보듯 IMF가 국정에 개입하면서 너무 과하게 개혁을 요구하는 것도 문제고… 우리도 검토해봤지만 이 방식은 정말 최후의 수단이야."

"하지만 미국이 직접 나서는 것은 아무리 한국이 동맹 국이라도 불가하네."

임창열 부총리는 답답한 듯 언성을 높였다.

"이유가 뭔가? 일본과는 무제한 금융 스와프를 체결하지 않았나?"

"그거야 그렇지."

"그런데 왜?"

"미안하네 미국과 통화 협정을 맺은 나라는 영국, 독일, 일본 등 전부 선진국이네. 한국은 아직 선직국에서 자격이 부족하지 않나?"

"결국 방법이 없는건가?"

"어렵군. 어려워. 아, 참! 혹시 S.FC. Stone. Investment 라는 투자회사를 알고 있나?"

프랭크는 핸드폰의 'End' 버튼을 누르려다 문득 생각나는 것이 있어서 질문했다.

임창열은 상대방이 대체 무엇을 말하고 싶은지 모르겠다면서 고개를 살짝 갸웃거렸다.

"뭐? 무슨 투자회사? 처음 들어 보는데?"

"듣기로는 여기 회장이 한국인으로 알고 있네."

"한국인이라? 그게 무슨 뜻이야?"

"최근 금융 감독 기관인 FFIEC에 보고된 데이터만 보면 S.FC Stone의 계좌에 상당한 자금의 달러가 오고간 것으로 파악되었네. 거기다 최근에는 동남아쪽에서도 막대한 수익을 얻은 것으로 나왔는데 그 때문에 혹시 범죄 자금이 아닌가 생각해서 최근에 FBI까지 나서서 자금 출처를 조사하게 되었지."

임창열 부총리는 재빠르게 반문했다.

"흠, 그런데?"

"물론 최종적으로 마약 집단과 같은 범죄 자금은 아닌 것으로 판명이 났는데 그보다 더 놀라운 점은 이 회사의 계좌에 존재하는 자금이었다네."

"대체 얼마인데 그러나?"

"글쎄. 그건 내 입으로 직접 설명하기는 애매하군. 나 또한 건너서 들은 이야기에 불과하기 때문이네. 아무튼 거기 오너가…."

프랭크의 이야기는 길어지고 있었다. 그와 함께 임 부총리의 얼굴 표정은 차츰 부드러워졌다.

뜻 모를 모호함에 이어서 놀라움, 감탄, 흥미 따위의 감정이 복합적으로 스쳐갔던 것이다.

전혀 예상하지 못했던 특급 정보였다.

마지막 달러 자금의 규모에 대해 듣게 되자 그는 귀를 쫑긋 세운 채 혹시라도 정보를 놓칠까봐 메모까지 동시에 했다.

❋

현수의 벤츠 S클래스는 그 흔한 소음조차 없이 조용히 청와대 정문에 도착했다.

기사도 태어나 처음 와보는 곳인지라 운전대를 잡은 손

등은 한껏 경직된 모습을 연출했다. 북한산을 베개 삼아 고고하게 팔짱을 낀 청와대의 저 높은 문턱은 현수의 신분을 밝히는 그 순간 마치 어린아이처럼 순진무구한 표정으로 변화되더니 그들을 활짝 맞이했다.

그리고 눈앞에 나타난 세계는 달랐다.

청녹색의 잔디가 바다처럼 끝없이 펼쳐졌고, 새싹들은 싱그러움을 만끽하며 단아한 정원수들은 묵묵히 고개를 숙이며 환영했다.

"이 쪽으로 오시죠."

미리 나온 청와대 수석 비서관이 그를 안내했다. 얼마 후, 저 멀리서 현 정권의 수장인 YS가 서슴없이 악수를 건네며 다가왔다.

"반갑습니다."

"불러주셔서 영광입니다. 각하."

"그래요. 일단 앉으세요."

"네."

서로 테이블을 사이에 두고 의자에 현수가 엉덩이를 잽싸게 밀어 넣는 모습을 보면서 대통령이 입을 뗐다.

"음, 요즘 AMC그룹은 어떻습니까? 괜찮나요?"

"네. 덕분에 큰 무리 없이 운영하고 있습니다."

"좋군요."

"네."

"뉴스를 보면 알겠지만 경제가 말이 아닙니다."

"동감입니다."

"그동안 기업들이 자기 죽는 줄도 모르고 문어발식으로 은행 대출을 통해 경영자들은 사리사욕만 챙기다가 결국 나라가 이 지경까지 왔어요."

현수는 어이없다는 눈빛을 잠깐 보였지만, 이내 표정을 감추고는 온화로운 미소로 대답했다.

"아! 네."

"아무튼 이야기를 듣자하니 젊은 사람이 크게 성공을 했다고 하더군요. AMC그룹이면 거의 10대 그룹이나 진배없는 데 어쩌다 내가 지금에야 정회장을 알게 되었는지 좀 아쉽군요."

"별 말씀을요. 나이가 어린 탓에 그 동안은 최상철 전문경영인이 AMC그룹을 이끌어 왔는데 아무쪼록 미욱한 점이 많았습니다."

김양삼 대통령은 기이한 표정을 짓더니 퉁명스럽게 말했다.

"됐어요. 난 그런 흰소리 듣는 것 좋아하는 사람이 아니오. 아무튼 단도직입적으로 말하겠소. 현재 나라의 상황이 풍전등화에 이르렀소. 국내에 달러는 고갈되고 환율은 폭등하고 그러니 돈줄이 막힌 은행권은 기업에 대출을 회수하고 있지. 당연히 중소 기업은 체력이 약하니 나가 떨어지고 도산하는 암울한 상황에 닥쳤소."

"네. 걱정이 많으시겠습니다."

"걱정은… 무슨! 그래서 하는 말인데?"

"말씀하십쇼."

"자네도 국가를 위해서 뭔가를 해야 하지 않을까?"

"그렇잖아도 저희 그룹도 이번에 투자도 더 촉진시키고 협력업체와 상생을 하는 몇 가지 좋은 프로그램도 계획하고 있습니다. 또한…."

현수는 대통령의 속셈을 진작에 짐작하고 있었다.

지금까지 AMC그룹의 대외적인 모든 업무는 최상철이 책임졌었다. 그런데 다른 곳도 아닌 청와대 비서실에서 그의 직통 번호로 연락을 해서 초청을 했다는 자체가 무엇을 의미하겠는가.

삼성, LG 같은 최상위 그룹도 아니고, 특히나 금융 위기로 하루가 멀다 하고 부정적인 뉴스가 터져 나오는 최악의 시국이다.

그러나 김양삼 대통령은 노련했다.

"이미 다 알고 있다네. 자네의 재산이 어느 정도인지는 이미 조사가 끝난 상황이네."

"하지만 각하. 저 역시 기업을 운영하는 사람입니다. 겉으로 보이는 자산과 달리 실제 수중에 쥔 현금은 얼마 없습니다."

"내가 이제 임기가 거의 끝나니 물로 보이나? 후후, 아직 어려서 그런지 철이 없군. 지금이라도 내가 전화 한 통화하면 자네한테 어떤 영향이 미칠지 그리도 모르나?"

"지금 협박하시는 겁니까?"

현수는 다소 불쾌한 투로 직시하면서 대답했다.

보통 재계의 총수라면 걸릴 게 많았겠지만 그는 스스로 당당한 인물이었다. 김양삼 대통령은 불쾌한 표정을 잠시 드러냈다가 결국 한발 물러섰다.

"그건 아닐세. 정회장에게 돈을 그냥 달라는 게 아니네. 한국에 빌려달라는 것이지. 금리 조건도 좋은 조건으로 해주겠네."

"……."

"단 20-30억 달러라도 좋네. 현재 외환 보유고가 완전히 바닥이야."

"저도 한국인이라 개인적으로 이번 사태는 마음이 아픕니다. 하지만 제가 아무리 돈을 벌었다 해도 개인에 불과합니다."

"너무 겸손을 떠는 것 아닌가? 이미 미국쪽에 자네에 대해서 신원 조사를 다 하고 자네를 초청했네."

"대체 그 쪽에서 뭐라고 하던가요?"

대통령은 목이 말랐는지 한숨을 내쉬면서 말했다.

"자네가 마음먹으면 한국이 국제 통화 기금에 자금 요

청을 하지 않아도 될 것이라고 하더군. 그게 사실인지 아닌지는 몰라도."

"각하? 그걸 설마 믿는 것은 아니겠죠?"

"뭐 그 정도는 아니라 해도 어느 정도 능력은 있겠지."

"휴우, 어렵네요."

현수는 입술을 일자로 닫더니 잠시 사색에 잠겼다.

올해 상반기의 동남아 금융위기와 최근 들이닥친 한국의 금융위기를 틈타서 통화 선물에 베팅했던 현수는 기실 또 다시 막대한 차액을 남기고 지난 주에 대부분 자금을 뺀 상황이었다.

주식과 같은 자산을 제외한 순수 현금성 자산의 총액만 이미 3백 5십억 달러를 넘겼고, 고정 자산을 포함하면 아마 부채 없이 5백억 달러 정도의 재산을 가지고 있을 것이다. 아직 2천년이 안 된 현 시점에서 이 정도 현금은 가히 상상이 안 가는 금액이기도 했다.

한국 원화로 환율을 천원이라 가정해도 무려 50조원이 넘는 돈이다.

그리고 가장 중요한 점이 3백 5십억 달러에 달하는 모든 현금이 달러화 베이스라는 점이었다.

그가 어찌 모를까?

IMF에 구제 금융을 신청하는 그 순간부터 한국은 지금보다 더 고통스런 지옥을 보게 될 것이라는 것을.

미래를 이미 겪어 본 자의 특권이다.

어차피 도와줄 생각이 없었다면 아무리 청와대의 요청
이라도 어떤 핑계를 대서라도 거절했을 것이다.

단지 지금까지 뜸을 들인 이유는 보다 좋은 조건에서 협
상하는 것을 원했기 때문이다. 아쉬운 쪽은 그가 아니라
대통령이었으니까.

그는 마침내 입을 열었다. 똑바로 김양삼 대통령의 눈을
직시하면서.

"단도직입적으로 묻겠습니다. 각하. 현재 외환 보유고
는 얼마 있습니까?"

"26억 달러네."

"너무 적군요."

"모두 내 부덕의 소치겠지."

"좋습니다. 만약 국제 통화 기금에 자금을 빌릴 계획으
로 들었는데 얼마를 생각하십니까?"

"재경부에서는 2백억-3백억 달러가 있어야 정상적으로
국가가 돌아갈 것으로 보고 있네."

"좋습니다."

"무슨 뜻인가?"

"3백억 달러를 빌려 드리죠."

100 조를 향해서

NEO MODERN FANTASY & ADVENTURE

Part 20-5. Hope is a waking dream

Part 20-5. Hope is a waking dream

처음으로 감탄사가 터진 것은 그 시점이었다.

"오⋯."

"단! 조건이 있습니다."

"말해보게. 가능하면 다 들어주겠네. 금리도 최고로 계산해주지."

"제가 아는 사람이 현재 검찰에 기소되어 있습니다."

김양삼 대통령은 현수의 의중을 바로 파악했다는 듯 대수롭지 않게 대답했다.

"그 정도야."

"그런데 조폭입니다."

"후후. 그렇게 안 봤는데 자네도 그런가?"

"그렇게 보지 말아 주십쇼. 그런 악취나는 관계는 아니니까요."

오랫동안 정치판에서 닳고 닳았기 때문일까? 김양삼 대통령은 사투리를 섞어 쓰면서 미소를 지었다.

"상관 없네. 어떤 관계든. 당장 검찰총장에게 말해두도록 하지."

"고맙습니다."

"그린데 조건은 그것 하나뿐인가?"

"물론 그렇지는 않습니다. 돈이 한두푼이 들어가는 게 아니라서 다른 조건이 또 있습니다."

"말해보게. 들어보도록 하지."

"현금을 한국 정부가 차입하는 방식보다는 현금에 대한 대가로 토지를 주시는 것이 어떨까요?"

"토지?"

현수는 차분한 어조로 대답했다.

"말 그대로입니다."

"아니? 그게 대체 무슨 뜻인가? 이해가 안 가는데?"

"아주 간단합니다. 현재 한국의 국영기업과 각 시군별로 가진 국유지가 있을 겁니다. 그것을 달라는 겁니다. 물론 가격은 높게 쳐드리겠습니다."

"좀 더 자세히 설명해보게."

"예를 들어 한국 통신은 각 지점별로 전화국이 있을 겁니다. 제가 알기로는 그 지점의 땅이 대부분 KT 소유로 알고 있습니다. 그 외에도 한국 전력 공사나 한국 토지 공사나 코레일에도 유휴 토지도 상당히 많을 겁니다."

"그래서?"

"거기다 서울시, 부산시와 같이 시정부 소유의 토지도 있을테죠. 제가 그것을 위치에 상관 없이 전량 매수하겠습니다. 물론 훗날 헐값에 샀다는 부분을 피하기 위해서 몇 가지 안전 장치는 마련해야 하겠지만요."

대통령은 경악에 가까운 빛을 숨기지 못했다.

전혀 예상하지 못한 요구였지만 언뜻 들어보니 충분히 수긍이 가는 부탁이었기 때문이다.

공기업은 국가의 소유다. 그리고 한국 전력, 한국 통신, 한국 토지 공사와 같이 이런 공기업의 숫자는 수 십개가 넘는다. 또한 각 행정부처의 땅까지 합친다면 충분히 가능한 거래였다.

물론 그 중에는 특급 상권의 요지의 땅도 있겠지만, 입지가 안 좋은 토지도 많을 것이다.

지금 같은 시기에 아무 가치도 없는 토지와 달러를 맞바꾼다는 것은 그야말로 하늘에서 황금이 떨어지는 것이나 마찬가지였다.

지금도 금융 위기의 여파로 개인이나 기업에서 자금 융통을 위해서 내놓은 땅이 수두룩하기 때문이다.

국공유지는 적게는 몇 백평에서 몇 만평까지 다양하다.

이런 물건이 수백, 수천개가 된다면 2-3백억 달러의 현금과 맞거래가 가능하다는 논리로 귀결될 것이다.

김양삼 대통령은 마른 침을 삼키며 물었다.

"자네? 얼마나 원하는가?"

"2백억달러면 현재 환율로 대충 30조원이 넘는군요. 이에 해당하는 토지와 나머지 1백억 달러는 시중 금리로 맞춰주십쇼. 토지는 제가 소유하고, 나머지 백억 달리는 원리금 분할 상환 방식으로 5년에 걸쳐서 돌려주시면 됩니다."

"흠."

"단, 죄송한 말씀이지만 이 거래는 국민 앞에서 공표를 해주셨으면 좋겠습니다. 그리고 내년 초에 취임 예정인 김대종 대통령의 합의도 필요하구요. 괜히 쓸데없이 색안경을 끼고 바라보는 이들이 있을까봐 겁나는군요."

"대국민 발표? 그건 나도 오히려 찬성하는 바이네. 어쨌든 한국에 닥친 경제 위기는 진정시켜야 되니까. 김대종 대통령이라…. 그것도 내가 힘을 써보겠네."

현수는 고개를 끄덕였다.

"다음 대통령인 김대종씨의 합의는 필수입니다. 나중에 정권 바뀌고 나 몰라라 하면 저만 피해 입을 수도 있으니까요."

"그 사람은 내가 잘 아는 데 그런 성품은 아니네. 아무튼 만약 그렇게 해준다면 나는 찬성이네. 대신에 각 공기업에서 매각하는 토지 중에 업무 때문에 공기업 자체에서 써야 하는 토지가 꽤 많을 걸세. 이 경우 장기 임대를 자네가 보장해줄 수 있겠나?"

"그럼요. 걱정하지 않아도 됩니다. 어차피 1-2년 있다 팔 생각도 없으니 아예 계약서에 10-20년 장기 임대 조건도 넣어드리죠. 그리고 매각 조건은 반드시 인근 시세보다 높아야 합니다. 괜히 헐값에 국가 토지를 매입해서 시세 차익을 남겼다는 비난은 딱 질색입니다."

현수가 대통령과 한국의 국공유지 매매를 하는 것은 훗날 대한민국의 땅값이 얼마나 폭등하는지 알기 때문이었다. 그는 수중에 3백 5십억 달러가 있었지만 이 중 1백 5십억 달러는 미국 금융권으로부터 빌릴 예정이었다.

그의 현재 신용으로 보면 누워서 떡먹기보다 더 쉬웠다.

그리고 나머지 백 5십억 달러의 현금은 따로 쓸 곳이 있었다.

현재 한국에는 금융 위기 여파로 도산한 수많은 기업들이 있었다. 자연스럽게 매수자 절대 우위의 M&A 시장이 형성된 상태다.

대통령은 기분이 좋은지 껄껄거리면서 화답했다.

"아주 시원시원하군. 그렇다면 나야 좋지."

"과찬이십니다."

"고맙네. 이건 진심이네."

"저 역시도. 감사드립니다."

✳

정현수의 개입으로 한국은 IMF에 구제 금융을 신청하지 않게 된다. 역사가 일부 바뀐 것이다.

그 후, 한국 정부는 표면적으로는 현수의 정체를 드러내지 않는 선에서 달러 자금을 미국 쪽으로부터 지원을 받았다고 공표를 했다.

그 때문일까. 그 때까지 하늘 높은 줄 모르고 폭등하던 원달러 환율은 수그러들기 시작했다. 또한 여러 호재가 연달아 터지면서 경제는 차츰 안정을 되찾아갔다.

하지만 무려 3백 5십억 달러에 달하는 자금의 배후에 대해서 짙은 호기심으로 끊임없이 배후를 탐문하던 미디어는 마침내 현수의 정체를 찾아내고야 말았다.

— 한국 경제를 수렁에서 건져낸 AMC그룹의 실질적인 주인은 누구인가?

— 빈사상태에 빠진 한국 경제와 막판 그 숨가빴던 24시간 현장 추적!

- 빌게이츠를 제치고 세계 부호 순위 1위에 등극한 한국인의 정체를 까발리다!

수많은 스포트라이트는 결국 성접대 의혹으로 이미지가 바닥에 떨어졌던 AMC그룹을 기사회생시켰고, 점점 더 여론은 좋아지기 시작했다.

어쨌든 그와는 상관없이 AMC그룹은 막대한 자금력을 바탕으로 금융위기 때 매물로 나온 회사를 하나 둘씩 인수하기 시작했다.

기아차, 한보철강, 삼미특수강, 아남 전자, 새한미디어, 삼립식품, 대농, 뉴코아, 해태과자, 고려증권, 극동건설, 동아건설, 나산백화점, 거평프레아, 태일정밀, 쌍방울 등 원주인을 얻지 못한 싼 매물들 중 알짜배기 기업만 골라서 닥치는대로 자회사로 만들었다.

물론 그 이면에는 전직원 고용 승계를 통한 경제 안정이라는 경영자의 기본 이념은 꼭 준수했다.

그가 그리 착한 인물은 아니었지만, 적어도 고생이 뭔지는 충분히 아는 사람이었다.

그렇게 수만개 매물 중에 향후 업종 경쟁력과 비전이 있는 회사로만 인수합병을 했음에도 여전히 한국에는 많은 수의 기업들이 문을 닫은 상태였다.

하지만 그로서는 그 이상 방법은 없었다.

수없는 M&A를 기반으로 AMC그룹은 이윽고 1998년 기준으로 재계 순위 3위에 오르게 된다. 그 후 1999년에는 현대그룹과 LG그룹을 제치고 2위에 랭크되었고, 마침내 밀레니엄인 2000년이 되자 삼성그룹을 이기고 명실공히 대한민국 1위 그룹이 되었다.

또한 중국 복주시에 사놓은 수백만평의 땅은 중국의 경제 개방과 더불어 수십 배가 올랐으며 미국 내 S.FC. Stone. Film은 영화를 내놓는 족족 박스오피스 상위에 랭크되면서 폭발적인 성장률을 보였다.

거기에 막강한 자본력이 뒷받침되자 S.FC. Stone. Film은 계속 몸집을 불렸고, 최근에는 21세기 폭스, 소니 픽쳐스, 유니버셜, 디즈니와 더불어 기존의 6대 배급사와 대등한 새로운 메이저 배급사로 어느덧 대중에게 인정받고 있었다.

드보레 브랜드는 이미 전 세계 각국의 요지에 화려한 건물을 세우면서 세간의 이목을 집중시켰다.

탑스타와 유명인을 통한 고급 마케팅으로 브랜드 인지도는 날이 갈수록 높아지는 상황이었고, 엄청난 광고를 통해서 세계적인 인지도는 이미 85% 이상 알려졌다.

또한 매출도 루이뷔통 그룹의 1/3을 이상을 달성하면서 서서히 명품 반열에 등극 중이었다.

첼시FC는 작년에 챔피언스리그 우승, 프리미어리그 우

승, 캐피탈컵 우승을 차지하면서 미니 트러블을 달성했다.

어디 그 뿐인가. S.FC. Stone. Investment 뉴욕 본사는 매년 천문학적인 투자 수익률을 기록하면서 이제는 각국의 연기금 펀드보다 더 많은 자산을 자랑할 정도로 규모가 커져 있었다.

2000년 기준으로 S.FC. Stone. Investment는 그 유명한 워렌 버핏이 세웠던 투자 회사 겸 다국적 지주 회사인 버크셔 해서웨이 Berkshire Hathaway Inc를 제치고 자산 크기에서 1위에 올랐다. 그 때문에 아직 비공개된 S.FC. Stone. Investment를 향해서 월스트리트의 투자자 및 분석가들은 궁금한 눈빛으로 바라보아야 했다.

그러다 우연한 기회에 S.FC. Stone. Investment에서 퇴사한 전 직원의 인터뷰를 통해서 이 기업의 비밀이 세간에 밝혀졌다.

그 비밀은 충격적이게도 그들의 보유 자산 중 상당수가 미국의 유명 IT 대장주라는 점인데 S.FC. Stone. Investment는 구글, MS, 시스코, 야후, 오라클, 이베이, 아마존의 창업초 투자 지분을 초창기부터 지금까지 손에 홀딩하고 있는 상황이라고 한다.

또한 더 경이로운 점은 하나 같이 시가총액이 괴물급인 이 기라성 같은 회사들의 지분율 포지션이다.

듣기로는 그들은 각 회사별로 적게는 5%에서 많게는

2-3대 주주 이상의 지분율을 가졌다고 하니 만약 그게 맞다면 월가의 고아한 전문가들은 마시던 커피 잔을 바지에 쏟는 것은 당연한지 모르리라.

예전에는 천억 달러라는 천문학적인 자산 어쩌고 하는 — 믿기 어려운 루머에 코웃음만 치던 월가의 전문가들은 만약 정말로 그들이 구글, MS, 시스코, 야후, 오라클, 이베이, 아마존의 일정 지분을 보유하고 있다면 그 루머는 반드시 꿈만은 아니라는 결론을 잠정적으로 내리게 되었다.

100조를

향해서

NEO MODERN FANTASY & ADVENTURE

Epilogue

Epilogue

2002년. 봄.

현수는 새롭게 여의도에 신축하고 있는 72층짜리 쌍둥이 빌딩의 상부를 천천히 바라보고 있었다.

아직 콘크리트로 뒤덮인 채 건물은 다 올라가지 않았고 여전히 주위에는 안전 차단막과 레미콘 트럭, 인부들이 들락거려서 어수선한 상황이었다.

현장 소장은 갑자기 연락도 없이 방문한 그룹 회장의 모습에 부리나케 뛰어나와 호들갑을 떨었다.

"아이구. 오셨습니까?"

"공사는 잘 되고 있습니까?"

"네. 계획대로 차질없이 진행되는 중입니다."

"그래요? 안전에 항상 신경 쓰시고 사고는 절대 없어야 합니다."

"그럼요."

"그럼 일 보세요. 난 바빠서."

"벌써 가시는 겁니까?"

"네."

오늘은 공식적인 행사가 아니었기에 스스로 운전석에 앉더니 시동을 걸기 시작했다.

뒤에는 수십명에 달하는 AMC건설의 간부들이 부리나케 달려나와 일동 기립한 상태로 서 있었다.

워낙에 이런 광경에 익숙한 탓에 굳이 예전처럼 큰 불편도 없이 그냥 그렇게 생각할 뿐이다.

이번에 뽑은 재규어의 신 모델 XE는 강변북로로 진입을 하면서 경쾌한 속도로 드라이빙을 시작했다.

빠르면서도 그 흔한 엔진소리조차 들리지 않았다.

대시보드 밑에 설치된 CD플레이어의 전원 버튼을 눌렀다.

그리고 본조비의 10주년 컴필레이션 앨범인 'Cross Road'에 수록된 Always가 천천히 흘러나왔다.

This Romeo is bleeding
But you can't see his blood

It's nothing but some feelings

That this old dog kicked up

It's been raining since you left me

Now I'm drowning in the flood

You see I've always been a fighter

But without you, I give up

Now, I can't sing a love song

Like the way it's meant to be

Well, I guess I'm not that good anymore

But baby, that's just me

Yeah I will love you baby-always

And I'll be there forever and a day-always

I'll be there 'til the stars don't shine

'Til the heavens burst and the words don't rhyme

And I know when I die, you'll be on my mind

And I'll love you-always

벌써 몇 번째 듣는 노래인지 모른다.

카랑카랑한 음성과 감미로운 멜로디, 심장을 뛰게 만드
는 강력한 메탈의 선율까지.

그는 영동대교를 지나 엘루이 호텔 근처에서 갑자기 차를

도로변에 세우더니 무작정 고수 부지 공원을 향해서 걸어서
내려갔다.

따스한 태양빛이 얼굴을 비추고 시원한 강바람이 밀려
왔다. 가슴을 펴고 정면으로 한강을 응시했다.

다시 걷는다.

담배 한 개비를 꺼내서 물었다.

그는 모호한 표정을 짓더니 씩 웃었다.

'재미없군.'

좀 따분했다. 솔직히 그는 최근 1~2년간 이유 없는 불면
증과 까닭 모를 우울증을 겪고 있었다.

특히나 최근에는 식사도 거의 하지 못하고 증세는 더 심
해지고 있었다.

스트레스 받을 것도 없었고 그렇다고 정신적으로 문제
가 있는 것도 아니다. 그럼에도 잠이 오지 않아 눈은 시뻘
겋게 부었고 안색은 초췌하기 그지없었다.

그는 이제 모든 것을 다 가졌다.

원하는 것은 손만 내밀면 다 얻을 수 있었다.

세계 1위의 부자, 대한민국 1위의 그룹, 천문학적인 재
산까지.

그런데 아이러니하게도 모든 것을 다 이룬 그 순간부터
맥이 빠지고 힘이 없어졌다.

'목표가 없어서 그런 것일까?'

모를 일이다.

그냥 나른한 느낌이었다.

그러던 그 때 뒷주머니에 있던 휴대폰이 울렸다.

전화를 받자 아버지가 웬일로 호탕하게 웃으면서 말을 꺼냈다.

"현수야! 좋은 소식이다! 하하!"

"갑자기 뭔 일인데 그래요?"

"그러니까. 놀라지 마라."

"말씀하세요."

"너희 누나를 찾았다."

현수는 꽤 들뜬 표정으로 물었다. 누나가 다시 돌아오다니! 믿을 수 없는 일이 아닌가.

"네엣? …정말로요?"

"그래. 방금 누나와 통화도 했지 뭐냐."

"아니? 지금까지 어디 있었는데요? 어떻게 같은 하늘 아래 사는 데 연락 한 통화도 없대요?"

"흐흐. 필리핀에서 몇 년 있다가 다시 말레이시아 갔다가 작년에 한국에야 들어왔다고 하더라."

"소영이 누나는 지금까지 뭐 했다는데요?"

"에휴. 말도 하지 마. 무슨 보따리상인가 하다가 사기 맞고 지금 부산에 식당에서 일하고 있었대."

"정말요?"

"그래. 그러다 먹고 살기가 너무 힘들어서 마지막으로 자살하려고 막판에 몰렸다가 그냥 가족한테 전화한거란다. 그래서 내가 지금까지 예전 집 전화를 안 바꾼거야. 흐흐."

"좋은 소식이네요. 정말로…."

"아무튼 지금 누나 만나러 부산에 내려가는 중이다. 넌 모를거다. 아까 얼마나 울었는지. 흐흐흐."

현수는 간만에 감정이 북받쳤는지 언성을 높이면서 말했다. 소영이 누나에 대한 그의 애정은 정말 가별했다.

그는 정신이 번쩍 뜨이는 것을 느꼈다.

화도 치밀어 올랐고, 안타까움도 느껴졌다. 무엇보다 이제 누나를 행복하게 해줄 수 있다는 마음에 심장이 거칠게 펌프질했다.

"그래도 혹시 모르니까. 내가 부산에 누나 있는 곳과 가장 가까운 곳에 있는 직원을 불러서 보낼게요. 그리고 누나 옆에 빌붙었던 그 놈팽이 새끼는 떼어 버리세요. 그 새끼가 혹시 땡깡 놓으면 말하세요. 다 처리해드릴 테니."

그러자 아버지는 난생 처음으로 크게 불호령을 내렸다.

"이 놈!"

"……."

"죽으나 사나 네 누나 남편이다. 어찌 그런 몹쓸 짓을 해?"

"그래도 그건 아니죠. 우리 집안이 어떤 집안인데…. 그

딴 쓰레기한테 우리 누나를 줘요? 헛소리하지 말라고 하세요. 돈 필요하면 돈 줄테니 떼어 놓으세요."

"현수야!"

"왜요?"

"너도 많이 변했구나."

"오해입니다. 아버님? 저는 단지… 누나 생각에 그런 것뿐이에요."

아버지 정재동은 한숨을 내쉬면서 실망했다는 듯이 고개를 저었다.

"됐다. 됐어. 돈이 사람을 버리는 건지 에휴. 아무튼 네 누나는 내가 직접 챙길테니 쓸데없는 짓 하지 마라. 현수야. 알겠지?"

"죄송합니다. 제가 말이 과했네요. 아버님 뜻대로 하세요."

"그래. 나중에 다시 통화하자."

휴대폰을 끊자 현수는 그 때서야 자신이 무엇을 잘못했는지 돌연 깨달았다.

'나도 변한 것일까?'

또 하나의 물음이다. 그리고 해답은?

어쩌면 그럴지도… 그는 자신도 모르게 씁쓸한 웃음을 드러냈다. 그러다 고수부지 근처에 전광판으로 만든 광고 하나가 눈에 들어온다.

– 2002년 한일 월드컵 D –Day 63일

'어라? 그러고 보니 올해 월드컵이 열리네?'

그는 순간 가슴 속에 지금껏 느끼지 못했던 활력이 넘실거리는 것을 느껴야 했다.

그 감정은 흥미, 그리고 기대였다.

미래에 대한 두근거림이다.

어디 한일 월드컵 뿐일까.

가만 생각하니 여전히 시간은 많았고 그 안에서 그가 할 수 있는 것들도 많았다.

한식 프랜차이즈를 세계에 만드는 것은 어떨까?

유소년 축구 선수를 조기 유학시키고 첼시에서 영입하는 것은? K-POP을 위해서 자금을 지원하는 것은? 한국어를 세계에 널리 보급하는 것은? 한국프로야구를 위해서 돔구장을 짓는 것은? 불우한 아이를 돕는 자선기금 행사는?

예전에는 돈이 문제였지만 지금은 그럴 이유가 없지 않는가?

대체 불가능할 것은 또 뭔가?

그는 마치 어린애처럼 짓궂게 웃기 시작했다.

그 미소는 해맑았다.

무언가 재밌는 놀이거리를 발견한 아이처럼 환한 표정

이다.

아까까지만 해도 어두웠던 하늘이 더없이 파랗게 보인다.

세상은 여전히 활기가 넘쳐 있다.

서로 팔짱을 낀 채 웃음꽃이 만발한 연인들처럼, 강아지를 끌고 산책하는 아이들처럼.

그는 마치 세상을 다 가진 것처럼 넉넉한 미소를 짓더니 다시 재규어에 올라탔다.

재규어는 점점 더 가속을 시작했다.

창문을 열었다. 온 몸을 적시는 시원한 봄바람이 얼굴을 강하게 부딪쳤다. 빠른 속도감이 느껴졌다.

여전히 자동차 안에는 Bon Jovi의 Always가 울려 퍼지고 있었다.

그는 아직 살아 있었다.

⟨The End⟩

기사들의 세대를 패퇴시켜버린
막강한 북방의 능력!

몬스터링크 monster link

철민喆敏 판타지 장편소설
NEO FANTASY STORY

몬스터의 능력을 몸의 특정부위에 새겨 넣어
그 능력을 발휘할 수 있는 기술 링크!
그 막강한 능력의 대가는 남은 수명의 절반!

링커가 되기 위해 키워졌던 펜릴!
그도 그 가혹한 운명에 발을 들이게 된다!

'내 하루는 이틀이다.'

각인의 저주를 벗어날 단 한 가지 방법!

불사의 초!

펜릴은 불사의 초를 구해 각인의 저주를
벗어날 수 있을 것인가!!